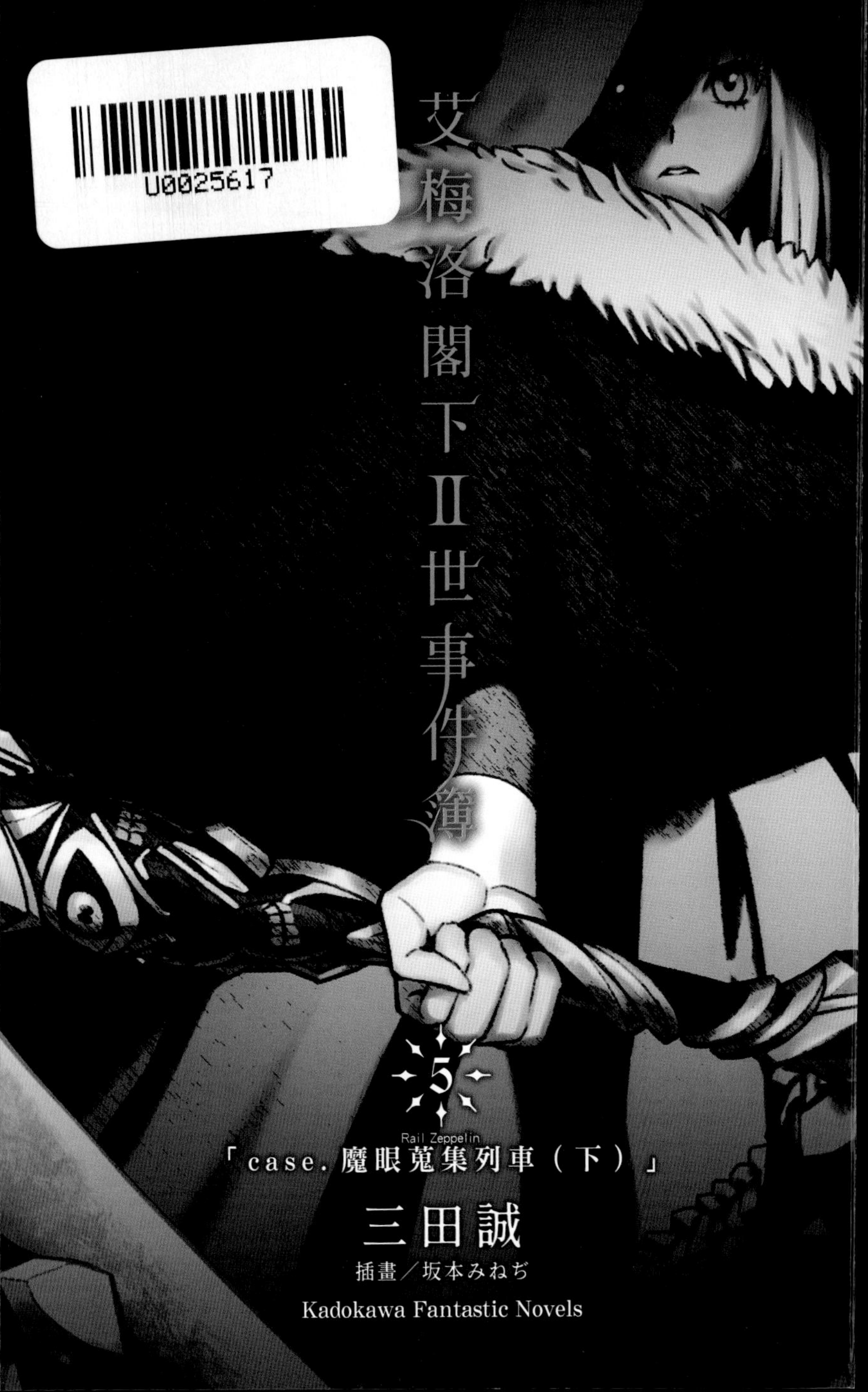

艾梅洛閣下II世事件簿 5

Rail Zeppelin
「case. 魔眼蒐集列車（下）」

三田誠

插畫／坂本みねぢ

Kadokawa Fantastic Novels

格蕾……艾梅洛閣下II世的寄宿弟子
艾梅洛閣下II世……鐘塔　現代魔術科　君主
梅爾文・韋恩斯……特蘭貝利奧的調律師
卡雷斯・佛爾韋奇……鐘塔　現代魔術科學生

卡拉博・佛藍普頓……聖堂教會的神父
化野菱理……鐘塔　法政科的魔術師
赫費斯提翁……紅鎧的女戰士
Characters
Lord El-Mello II Case Files

她勉強按捺住沒驚叫出聲。

因為對於生在鐘塔的君主（Lord）家族，在這輛列車上才剛碰到隨從命案的她來說，那也是連想像中都沒出現過的景象。

「這是什麼……！太奇怪、太奇怪了！事情是怎麼搞的！這是怎麼回事，特麗莎！」

——節錄自第二章

艾梅洛閣下II世事件簿

5

「case. 魔眼蒐集列車（下）」

Rail Zeppelin

Kadokawa
Fantastic
Novels

Lord El-Melloi
II
Case Files

插畫／坂本みねぢ

艾梅洛閣下II世事件簿

5 「case. 魔眼蒐集列車（下）」

Rail Zeppelin

目錄 Contents

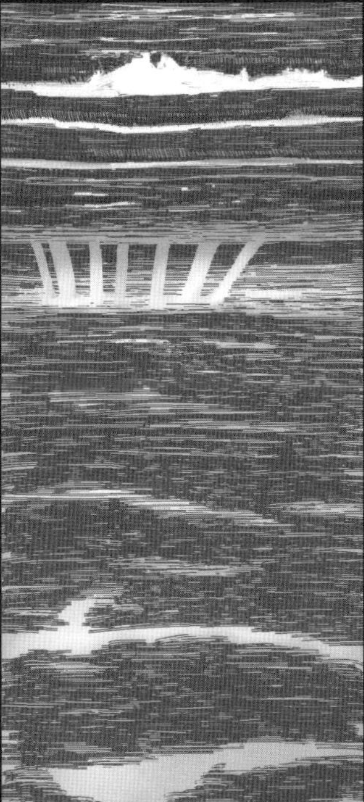

我認知到，這不是現實。

現實中不可能有這樣的景象。

地點多半是在海邊。但是，此處沒有從那個詞彙中能感受到的安穩，數量驚人的飛沫取而代之地填滿所有視野。從地平線盡頭傾注而下的海水，連用莫大一詞描述都嫌不夠。光是轟轟作響的水聲，幾乎就要震破我的鼓膜。

空中無雲，地上無風。只顧流下的海水正是一切。

遠離任何人類生活，盡頭的盡頭。

亦即——

「……世界盡頭之海……」

我茫然地說出口。

那把槍同樣冠上盡頭（註：閃耀於終焉之槍（最果てにて輝ける槍）原文中的「最果て」亦可譯為盡頭）之名，是單純的巧合嗎？

對人類而言不可能觸及的「遙遠彼方」這個概念，是否正定義了那把槍與此地？這說不定是荒謬的妄想，但那種想法強烈地觸動了我。正因為遙不可及才挺身挑戰——我覺得正是提倡「正因在那遙遠彼方，才更顯榮耀」的時代留下的餘韻建構了此地。

夢的……餘韻。

終有一天應至之地。

「——不對。」

有人提出異議。

聲調冰冷得令人喘不過氣。

「誰都沒有抵達這種東西。」

凍結並非單純的比喻。在那番話之前，世界轉眼間失去形態。

看啊，海浪立刻泛白，時間停止前進。傾注而下的海水保持壯觀的模樣凍結，從邊緣開始逐漸粉碎。原本填滿視野的飛沫浪花化為冰晶，世界在轉瞬間變換成不同形態。

我回頭一看，海邊佇立著一個纖細的人影。那人低著頭看不見表情，但黏稠的怨念彷佛從那頭烏黑長髮滴落，漸漸覆蓋波濤。

大海啊，凍結吧。

世界啊，停止吧。

在我的意志前，凌辱一切吧。

「王啊。」

人影攀談。

「王啊。」

那人攀談的對象不在此處。

然而，篤定對方應當在此的話聲洪亮地響起。

「你為何追求這種東西？為何不放棄這種東西？明知道是夢，為何不單純地當成夢來看待？」

多麼激烈、多麼痛切的恩仇之情。彷彿正在翻滾沸騰的譴責吶喊，甚至讓在一旁聆聽的我都暈眩起來。

我心神不寧，同時想到另一件事。

——這是誰的夢？

——作夢的我，是誰？

面對佇立的女子，我問自己。

對了，我記得，這名女子的名字是……

（……赫費……斯提翁……？）

當意識斷斷續續地吐出那個名字時。

一聲咆哮在世界迴響。

「回答啊，伊肯達——！」

✦第一章✦

1

我倏然睜開眼。

列車豪華的房間虛幻地晃動著，我用了一點時間才認識到這邊是現實。

「啊……」

我似乎有短短數秒，或是大約數分鐘失去了意識。

我總覺得好像作了什麼夢，卻已想不起夢境內容，只是感到很不舒服。以前在故鄉不時會發生這種現象，大概是受到附近某種存在的影響吧。在名聞遐邇的魔眼蒐集列車（Rail Zeppelin）上，無論存在怎樣的魔性都並非不可思議。

我掩飾般地拉近毛毯，悄然低語：

「……氣溫越來越低了。」

「嗯，暖氣好像也漸漸失效了。」

在同一個房間裡，卡雷斯注視著暖爐回答。

魔眼蒐集列車衝進暴風雪後經過了一陣子。猛烈的大雪來襲，將車窗外描繪成一片單色景致。灰色的天空與除此之外的白。從這輛行駛於人間與異界之間的列車停止前進一事，也看得出這場風雪顯然並非單純的大自然發威。

寒潮慢慢地、慢慢地逐漸往列車內部侵蝕。

車掌在廣播中通知「請各位乘客自行保障各自安全」，便是指這一點嗎？

「老師他……」

「……現在好像沒事，可是……」

我跟隨卡雷斯的視線也望向床鋪。

臥床的老師呼吸微微紊亂起來。後來我們換過繃帶、燒滾熱水，在可能範圍內盡力而為，但我不認為這種狀況對於負傷的身體有好處。直覺告訴我，正悄悄逐步接近的寒氣並非單純的溫度高低，那是奪取人類精氣的惡魔吐息。

每一秒都在流失。

老師的性命如燭火般搖曳不定。

「…………！」

我難以忍受。感覺就像有顆石頭卡在喉嚨深處。我連好好呼吸都做不到，一隻漆黑的手自下腹底部緩緩地抓住胃臟。與其體驗這種心情，我寧願獻祭自己的心臟。

奧嘉瑪麗從那之後就沒有回來。

——「我會靠自己。一個人就夠了。不，一個人才好。因為特麗莎正確地教導過我，讓我得以獨當一面。」

如她所言，她或許無意再回到這裡了。

即使時間短暫，曾想互助合作的對象離去，我不否認這令自己感到不安，不過，卡雷斯看來並不在意，僅僅神情極為認真地留意外面的暴風雪和老師的情況。

（……也許他果然很有魔術師的特質。）

我那麼心想。

在某種意義上，他身為魔術師的心性比老師經過更多錘鍊。我覺得正因為卡雷斯不像費拉特和史賓那樣擁有卓越的魔術，他身上才會透出魔術師原本的姿態。

（什麼是正確的？）

也許是受到寒意影響，我一直不斷思考著。

才能。血統。家系。技術。屬性。心性。還有魔術迴路與魔術刻印。

魔術師有各式各樣的因素。我和老師一路以來遇見的一流魔術師具備那些因素。雖然名列第一的是冠位(Grand)蒼崎橙子，巴爾耶雷塔閣下與蝶魔術高手歐洛克·西札穆德無疑配得上一流名號。然而，老師也並非明顯遜色於他人。他只是作為君主(Lord)實力低劣，即使以萊涅絲的評價來看，作為魔術師的實力算是平平凡凡。

那麼，對魔術師而言最受重視的因素是什麼？

最正確的姿態是什麼呢？

無聊的想法在腦海中盤旋，我忽然揚起目光。

室內出現另一個身影。

「格蕾小姐？」

卡雷斯似乎看不見。

可是，我看見了周身帶著鮮紅薔薇的——白色女子。她的站姿太過自然，與其稱作出現，更像是至今一直都待在那裡，碰巧顯露了形影而已。

我茫然地看到她妝點了薔薇的髮絲，隨著自車窗縫隙鑽入的風搖曳。

「妳是……？」

我記得車掌這麼說過。

代理經理。他提到自從昔日的經理離開後，代理經理一直守護著魔眼蒐集列車，甚至連這輛列車的工作人員都很少有機會見到她。

她在看房間入口。當我這麼想時，女子已然消失。和第一次相遇時一樣，我覺得她的消失既突然又是當然。

取而代之的——

「有人在嗎——！」

有人敲門。

讓人無從認錯，充滿衝勁的聲音。與魔性的暴風雪及這輛列車很不搭調——或者說因為太過古怪反而相稱——那樣的人物只有一個。

卡雷斯點點頭，代替我倏然走上前。

他謹慎地打開薄薄的房門，正如我所料，一頭染成粉紅色的雙馬尾擋在門外。

「嗯呵呵，我伊薇特來嘍！大家都好嗎！」

「抱歉，我們正在忙。」

「哎哎哎呀好冷淡！哇，別突然關門啦！」

卡雷斯立刻打算關門，少女卻抓住時機將鞋子塞進門縫。她直接望著眼鏡少年，微微歪頭。

「嗯嗯嗯？小卡雷斯在隱瞞什麼？」

「我沒有……」

「嗯呵呵，這可是看得一清二楚嚇你一跳的感情視魔眼！瞞不過我的！」

伊薇特自豪地笑著說完後，將眼罩往上拉。

經過加工的寶石——研磨拋光過的綠色孔雀石(Malachite)在眼罩下閃爍生輝。少女眼中蘊含的妖光確實散發著連知識淺薄的我都不禁吞了口口水的魔性，然後從鼻子裡哼了一聲。

「話說即使沒有魔眼，像史賓他不也會得意洋洋地說什麼味道是四方形之類的話嗎？懂得聯覺和獸性魔術的組合技巧，他可是個棘手的同學呢！」

「既然妳知道我們有苦衷，能否至少體諒我們，之後再談？」

卡雷斯冷冷地應付道，試圖將她卡進門縫的鞋子踢出去，於是少女連忙往下說。

「喂喂喂喂！就說等一下了嘛！我有事情找你們商量啦！你瞧，為此我還請了這位先生過來——」

「……嗯。」

我感覺得到微微的氣息。

卡拉博．佛藍普頓。聖堂教會的老人。伊薇特似乎帶來了過去視魔眼的持有者。

「聖堂教會的……」

連卡雷斯也不禁退縮。

接受魔術師之間鬥爭的少年，好像也對意圖從其他方面掃蕩神祕的組織感到棘手。

「還是說，你寧可我在這裡放聲大喊？」

妳已經大喊大叫了吧，我很想這麼吐嘈，但難以否認這段談話拖得越久對我們越不利。卡雷斯也不甘情願地打開關到一半的房門。

「……我明白了。進來。」

他認命地讓兩人進門。

伊薇特意氣昂揚地一踏進房間，立刻瞪大雙眼。

「哇哇哇，老師！這是怎麼了！」

她連連揮舞手臂，奔向床邊。

因為老師躺在那張床鋪上。從仍然紊亂的呼吸也看得出來，他並非單純在睡眠。儘管我們不時幫老師擦汗，但他看起來不可能是正常狀態。

「類似碰到意外。」

卡雷斯少言寡語地說明。

「動手的……是殺害特麗莎小姐的凶手？」

「我們無從得知。」

他說出實話。大概是判斷既然伊薇特擁有感情視魔眼，作假沒有意義可言。話雖如此，要透露我們被使役者襲擊等多餘的消息也令人遲疑，保持沉默寡言是最好的方法。

「你們有什麼事？」

「嗯～你瞧，列車不是停了嗎？」

當卡雷斯拋出話頭，伊薇特面露苦笑指向地板。

促使我們重新注意到完全靜止的列車後，少女如此繼續道。

「我擔心照這樣下去，魔眼拍賣會將大幅延後——視情況而定，今年是否能舉辦都很難說，所以在號召人手。」

「拍賣會停辦？」

對了，我回想起拍賣會曾有一次中止的案例。

據說事情跟蒼崎橙子及她的使魔有關。從前的經理也是由於同一場麻煩而消失蹤影——凡事有一就有二，至少會這樣想很自然。

「……對我而言，這裡的拍賣關係到生死存亡。」

卡拉博以嘶啞的嗓音開口。

「如同先前提過的，我打算在這裡提供魔眼。我無法等到明年。當然，就算不辦拍賣會或許也會進行摘除手術，但不確定因素太多了。我實在不能就此坐視不採取行動。」

「不過，只要是魔眼，列車的工作人員都會先收購不是嗎？」

老人對於我的話緩緩地搖頭。

「……這裡絕大多數的工作人員，應該都對魔眼本身不感興趣。」

「咦？」

我不禁愣愣地喊出聲。

「可是，這裡是魔眼蒐集列車吧。即使上任經理離開了，他們也持續舉辦了魔眼的拍賣會吧？」

而且在我聽說的範圍內，他們的執著強烈到會在持有者不願提供目標魔眼時強行搶奪。會動用那種手段的工作人員，有可能對魔眼不感興趣嗎？

「總之，如今的工作人員只是延續著辦下去而已。」

伊薇特補充道。

「本來為了炫耀主人收藏的魔眼舉行的拍賣會，如今在主人離去後已沒有意義，僅僅是繼續那個行為罷了。既然這樣，那因為一點小意外而中止也不奇怪對吧？倒不如說，認為他們只想舉辦足以緬懷昔日主人的完美拍賣會是很自然的推論。」

「…………」

我啞然無語地聆聽。目的與手段完全顛倒了。聽到主人開始舉行拍賣會是為了炫耀收藏雖然也讓人吃驚，工作人員僅僅沒有意義地繼續這個行為，更是使我僵住不動。那簡直像台跑程式的電腦。像連綿不斷刻劃時間的舊時鐘的齒輪。與魔術師似同實異，如伽藍之洞般的生存方式。

不。

我必須避免誤會。我之所以啞口無言並非難以置信。相反的，是因為這太熟悉了。

（……和我的故鄉……）

和哪怕喪失含意、哪怕拋棄意義，依然持續到現代的事業──或者說，和身為故鄉事業結晶的我太過相似。

「我剛才和約翰馬里奧先生也談過這件事，可是～」

伊薇特環抱雙臂，噘起嘴唇。

那名魔術師表示就算延後也無妨，似乎無意採取行動。

依魔眼蒐集列車的狀況而定，拍賣會的客人的意圖與關係也時時刻刻有所變化。在本來就不擅長社交的我眼中，這種人際關係正像是某種不可思議的魔術，不過在鐘塔怪異複雜的權力構圖中自稱間諜的伊薇特，應該很習慣這些吧。

「我明白你們的情況了。列車停止，對於我們也有不利的影響。」

卡雷斯淡淡地說。

「可是，你們究竟準備如何處理？」

面對少年的提問，一身神父服裝的老人緩緩頷首。

「關於這座森林，我略有所知……因為這個地方在聖堂教會也不時成為議論話題。」

「在聖堂教會？」

「沒錯。這座森林的本體——腑海林(Einnashe)據說是由某個死徒操控的。」

「……由死徒……」

卡雷斯重復道。

「腑海林。其本身是一個有思考能力、會捕食的生物，有人推測那可能是同名的高階死徒操縱的固有結界。腑海林大約五十年出現一次，襲擊聚集而來的人類，以龐大的魔力讓位於內部深處的果實成熟。」

死徒。我在這輛列車上聽過許多次的吸血種之一。

那麼，聖堂教會有相關知識也說得通。那個組織與死徒的對立比魔術協會更加劇烈。因為他們將死徒視為加害人類的存在。

（……對了。）

這讓我終於接受了另一項事實。

得知卡拉博搭乘這輛列車時，魔術師們之所以異常地緊張——是懷疑聖堂教會的成員，是否真的打算參加以前由死徒經理經營的拍賣會吧。

「你剛才說到……以魔力成熟的果實？」

「真有魔術師的特色。你明白其中的意思？」

卡拉博面露苦笑地說明。

「那顆果實正是人類聚集到魔性之森的理由。據說有個不可輕信的傳說，號稱吃下果實的人將長生不老。」

卡拉博的話讓我與卡雷斯屏住呼吸。

聽他談論遠比什麼魔術更加荒誕無稽——活像小孩看的童話故事中才有的現象，我們不知該怎麼回應才好。

（……簡直像是……）

我心想。

簡直像是昨天剛遇見的英靈般的幻想。

同時，此事和死徒這種荒唐的現實放在一起談論，讓我無法否定那荒誕無稽的傳說。

更何況再怎麼說也是聖堂教會內部討論的傳聞，其中應該潛藏著某些事實。

實際上，卡拉博如此繼續道。

「就像我說這個傳聞不可輕信一般，沒有人吃過那顆果實。只是，據說充分熟透的果實常常會流下血滴。哼，明明沒人吃過，長生不老傳說卻傳開的原因反倒在於這裡。這些血滴有一部分會化為種子，在地下沉眠一陣子以後，選擇與本體不同的進化（形態）——腑海林之子就是種子的末路。看來這個孩子選擇了冰雪。」

卡拉博望向車窗外，暫時打住。

我終於串連起一切。總之，死徒之間的衝突，結果造成了我們像這樣遭到冰雪林侵襲嗎？

「……聽說本來死徒之間會劃分地盤，極少互相干涉，但這輛魔眼蒐集列車的經理好像已銷聲匿跡多時。而且腑海林之子也並未受人管理。雙方什麼時候遇上都不足為奇。」

「原來如此……」

這樣的話，方才的代理經理——白色女子該不會是為了讓我聽到此事而現身的？

（……怎麼樣呢？）

由於想法漸漸接近妄想，我暫時停止思考。

我在至今的案件中體認到，像我這種人想太多，反倒會導致情況惡化。與其陷入思考的迷宮動彈不得，我只能一步一步地累積自己辦得到的事情。

一陣沉默之後，卡雷斯拋出新話頭。

「那麼，到頭來你們打算如何逃離這座森林？」

「據車掌所言，只要找到靈脈(Ley Line)點，列車隨時可以開動。」

先前停車時，曾經談到魔眼蒐集列車好像是沿著靈脈行駛。列車之所以停止，看來也是出於幾乎相同的規則。

唰，卡拉博黑色的拳頭冒出同樣是黑色的刀刃。

那是在特麗莎遇害時，他用來打暈情緒激動的奧嘉瑪麗的黑鍵。

「列車會迷失靈脈位置，是這座森林的魔術作用所致。那麼，如果我們直接徒步尋找主要靈脈並設立幾個路標，要逃離森林應該沒那麼困難。」

「設立路標……」

我覺得理論上說得通。

只是，這代表為此必須踏入吹著暴風雪的森林中。按照卡拉博所言，我們將踏入土地整體有思考能力，會吃人的魔性之森。

「怎麼樣？你們願意協助嗎？」

伊薇特的獨眼亮起光芒，開口問道。

我沒辦法立刻回答。

「…………」

我身體深處顫抖著。奧嘉瑪麗的隨從——特麗莎．費羅茲的屍體閃過腦海。那具喪失頭部，死狀太過淒慘的屍體。

這兩人毫無疑問是凶案的嫌疑人。

然而，我卻要和他們合作探索魔性的冰雪林？那根本是瘋狂之舉。那麼做豈止承擔風險，我覺得只能叫有意自殺。老師若是清醒，會斷然表示應該躲在列車上吧。

可是——

「……我加入。」

我點頭應允。

「格蕾小姐。」

「繼續暴露在這股寒意中，老師會撐不住的。」

我沒有回頭，這麼回答叫住我的卡雷斯。老實說，我不知道自己現在是什麼表情，唯獨理解臼齒在格格打顫。

我聽見深深的嘆息聲。他覺得很失望嗎？看在不同於我，身為老師正式學生的卡雷斯眼中，我試圖去做的事情說不定愚蠢至極。說不定他會判斷，作為魔術師應該更加無情。

對此，少年若無其事地說道：

「我明白了。那我會專注於老師的治療上。我找找有沒有東西能幫上妳的忙，給我五分鐘。」

他俐落地打開隨身行李，開始查看各種狀似魔術咒體及觸媒的物品。

我依舊茫然地連連眨眼。

「卡雷斯……先生？」

「妳一臉不可思議的表情耶，對自己人特別寬容也是魔術師的特質。至少在界線範圍內是如此。」

少年笨拙地笑著開口，我發現他的拳頭微微發抖。

認識到忍受恐懼的人不只自己一個，我總覺得想發笑。僵硬的身體放鬆下來，我吐出一口氣。

「咿嘻嘻嘻！看來妳起碼找到做得到的事情啦！」

亞德以只有我聽得見的音量呢喃，不過我用力按住右肩，動用武力讓它閉嘴。有關注我的朋友陪在身旁，讓我感到一絲歡喜，但不甘心讓我不肯說出來。

「……對了。」

卡雷斯拋出話頭。

「在天體科（艾寧姆斯菲亞）的隨從——特麗莎·費羅茲遇害的現場，有沒有人顯得很焦急？」

「嗯？嗯～我在那個場面沒發現這種事。」

伊薇特歪歪頭。一方面是外表的關係，那個動作看起來只像在開玩笑，但我們只得暫且相信她。無論如何，現在老師負傷倒下，我們能採取的手段寥寥可數。

「走吧，進入腑海林之子。」

我催促道。

2

從結論來說，第一次調查五分鐘即告結束。

因為還沒設立路標，我們就發現有人倒在列車旁邊。

鬱鬱蒼蒼的森林草叢裡，枯萎的羊齒草下形成一個隆起的雪堆。當卡拉博懷疑地碰觸雪堆，雪片嘩啦滑落，露出裡面的人物。

「……這位是誰？」

卡拉博以沉穩的男中音發問。

那個人很陌生。他擁有如雪般潔白的白髮與睫毛，修長苗條的肢體看來年近三十。那端正的側臉，與十名路人擦肩而過時應該足以讓九人驚艷地回頭。

不過，我們注意的部分不在於此。

他纖長的手指緊握著小提琴盒與……皺巴巴的信封。

「那是邀請函？那麼，他是魔眼蒐集列車邀請的賓客？」

「這……這個嘛……」

正當伊薇特皺眉，我不知所措地四處張望之際。

「嗚嘔咕啵！」

渾身是雪的青年吐血了。

白雪染上血色，轉眼間不斷擴大範圍。那刺目的紅色讓我不禁喉頭一縮。自從遇見老師後我經歷過幾樁案件，但第一次像這樣目睹鮮血四濺。

「他……他會不會快死了……」

「……不不不，沒事。我很習慣吐血了，也有確實地注射過造血藥。」

臉色蒼白的青年抬起目光，開朗地笑著。

「咦、咦、咦？」

「……哎呀～啊哈哈。我總覺得好冷，但是身體正好完全動彈不得。如果你們也是魔眼蒐集列車邀請的客人，不好意思，可以把我搬運到列車上嗎？」

應該險些喪命的青年太過若無其事地說。

我的感覺幾乎像是面對屍體攀談一樣。他蒼白的臉色與泛紫的嘴唇都和倒下時相同，唯獨表情帶著宛如夏季度假勝地般的開朗。實際上伊薇特和卡拉博似乎也沒想到會遇見這種人物，依然愣住不動。

俊美的青年以作夢般的輕柔口吻呢喃。

「……嗯嗯。差點凍死了。我得快點告訴媽媽，請她募集溫暖我的女人……啊，這次找西班牙血統的吧。不，從擁抱觸感來說俄羅斯系也難以捨棄。不不不，既然要溫暖我，熱情的拉丁人或許最棒。雖然女性統統是天使，幸福的形式各有不同嘛。」

「啊，是人渣。」

「是人渣呢。」

我和伊薇特的意見以零點一秒取得共識。當我們即將推算出就此拋下他的結論之際，青年的碧眼忽然轉向我亮了起來。

「嗯嗯嗯，妳該不會是韋佛帶回來的寄宿弟子？」

「！」

我肩頭猛然一抖。

「……你知道我？」

「哈哈哈，當然知道。因為我是韋佛的摯友！」

「韋佛？」

我記得那不是老師的本名嗎？在他被萊涅絲冠以艾梅洛閣下II世之名封印前，老師原有的面貌。

「請問，你是哪位？」

「啊，嗯，我是——」

下一瞬間——

「梅爾咕啵嘔嘔嘔嘔嘔嘔嘔嘔！」

青年再次大量吐血。

*

因此，我們折返列車。

回到列車的休息室車廂，青年啜飲熱咖啡，好像終於放心般發出嘆息。

「啊哈哈哈。哎呀，謝謝你們。不僅將我拖到這裡，還請我喝咖啡。」

「……既然是老師的舊識，我不能置之不理。」

即使這麼提醒，青年不知道有沒有聽進去，一臉散漫地啜飲咖啡。

伊薇特保持活像在看三流詐欺師的眼神問道：

「你是梅爾文．韋恩斯？」

「喔喔，妳聽說過嗎！」

青年露出微笑，打個響指。

他順便閉起一隻眼睛，食指抵著臉頰，樣子非常煩人。

伊薇特對此毫不掩飾充滿懷疑的聲調，如此問道：

「聽說你是待在自家工房不外出的調律師，這回吹的是什麼風？」

「哎呀～哈哈哈哈哈。最近我身體狀況不錯，又聽說韋佛前來魔眼蒐集列車，心想一定得親眼證實一番。我順便也約了小萊涅絲，但她說『我得補上兄長不在的空缺，哪有辦法過去，蠢蛋』，拒絕了我。於是我前往魔眼蒐集列車的會合地點，地表卻突然湧出森林。」

這番話可不能不理會。

「你約了萊涅絲小姐？不，更重要的是，湧出森林？」

「對對。簡直像遊戲或什麼似的，荒野鑽動著化為森林。哎呀～那場面說壯觀是挺壯觀的。」

青年——梅爾文抽動著手指抬起來，這麼形容。

「不僅如此，森林裡還衝出觸手般的樹枝抓住直升機。啊哈哈，螺旋槳被撕碎，機殼也像紙片般破裂開來，我心想八成死定了。唉，我在墜機前逃脫，狼狽不堪地爬行過來。雖然半途中徹底失去意識，幸好你們找到了我。」

沒理會包著毛毯面露開朗笑容的青年，我體驗到喉嚨痙攣般的感受。也就是說，這片妖異之森的戰力甚至足以捕獲半空中的直升機，加以擊墜？

由於飛行對魔術師而言也很困難，應該沒有人會追蹤這輛列車……老師曾這麼說過。

可是，搭乘直升機前來的魔術師還有擊墜直升機的森林，想必超乎他的想像。

「…………」

就像被插入冰柱一般，我感到背脊發寒。

明明聽卡拉博提過類似的訊息，直接從實際體驗者那裡得知，讓我體內湧現另一種恐懼。

我從滿不在乎的青年身上轉開目光，悄悄地問伊薇特。

「……他是什麼樣的人物？」

「他生於與三大貴族相關的名門。不過由於身體虛弱之類的原因，擔任祭位(Fes)調律師，是個怪人。聽說他和老師是老朋友。」

雙馬尾少女嫌麻煩地回答。

那種態度，代表連宣稱自己是梅爾阿斯提亞派間諜的她，也認為青年是難以應付的對象吧。

（我記得調律師……）

應該是調律魔術刻印的專業術者。即使不足以像從前在剝離城(阿德拉)所說的那樣戲劇性修復魔術刻印，據說他們會以非常自然的循環介入刻印，抑制刻印移植者身上發生的副作用。雖然我對魔術絕對稱不上熟悉，也能大致理解那多半是在鐘塔也非常少見的專門職業。

「他作為英國的調律師夙有聲譽。在正規的方法範圍內使魔術刻印重生者，幾乎無人能出其右。」

「很遺憾，妳加上了『幾乎』兩字。」

聽出癥結的青年苦笑地搔搔臉頰。

然後他東張西望地環顧豪華的休息室車廂，不解地歪歪頭。

「那麼，韋佛人在哪裡？」

「……我現在帶你過去。」

我站起身，帶他從休息室車廂前往我們的房間。

看到我遠比預期中更早歸來，卡雷斯一開始面露驚訝之色，不過在我概括重點說明情況後，他立刻點點頭指向依然躺在床上的老師。

於是——

「……真笨。」

青年望向額頭冒出冷汗的老師，感慨地說出口。

「你還是老樣子，是個一點也沒變的笨蛋。你明明有許多能活得更輕鬆的方法啊。」

為什麼呢？

明明先前覺得他那麼可疑，他的聲調卻深深落入我的心底。也可以說，我能夠接受了。我甚至有種感覺，我與這位年輕的刻印調律師共享著同樣的想法。

也許很天真，但我希望這麼認為。

咳咳，清喉嚨聲傳來。

「方便打擾嗎？」

在後面等候的卡拉博呼喚我。

「看來他不需要擔心，我想回到最初的目的上。雖然稱作幸好不太妥當，既然他從直升機爬過來昏倒在列車附近，這裡到外部的距離很可能並不遠。」

「是呀。」

當然，直升機也可能是被拉進森林深處擊墜的，但擔心那麼多會沒完沒了。

「唔。魔眼蒐集列車停止了，所以必須設立路標對吧。」

梅爾文回過頭。

他臉上依然帶著深不見底的輕柔微笑。

「既然如此，能讓我也出力協助嗎？」

3

進入森林後，我發現冰雪林是比想像中更嚴峻的難關。

每前進一步，腳就陷入雪中直達腳踝。灌木枝枒不時從出乎意料的角度自被純白封閉的視野角落穿出來，令人難以行動。多虧卡雷斯從行李中拿出的耐寒護身符，使寒意減緩幾分，儘管如此，氣溫還是冷到只要停下腳步就快結凍的程度。

伊薇特、卡拉博與梅爾文。

再加上我的一行四人在森林裡前進。作為探測術的應用，卡拉博手中握著黑鍵。探測術是現代也用來尋找水源與礦脈的手法，由聖堂教會的代行者操作，精確度會更高吧。

嚓、嚓，我從雪中拔出陷沒的腳。

每走一步，我都感覺消耗的體力比平常多十倍。而且，土地的樣貌好像也跟透過車窗看見的景色不符，讓我不解地歪歪頭。

「這裡的地形是這種山來著？」

「地形多半也經過某種操作吧。」

卡拉博沉重地說。

「一開始我也提過，真正的腑海林每隔五十年會出現短短幾天，像是超乎常規的固有結界。腑海林之子雖然類似，但同一種現象沒有再度出現的例子乃是定論。大概是僅限一次地將儲存的魔力消耗殆盡了。」

「……孩子不會再度出現。」

這句話聽起來有些寂寞。依照一般想法，孩子不都會比父母活得長久嗎？可是，腑海林之子僅僅出現一次就會消失。

「據說其發生時間也大都很短暫，這方面似乎個體差異很大。」

「即使如此，我們也不能留在這場暴風雪中進退不得。」

當我這麼說，卡拉博也微微頷首。

至少唯獨這一點，我們有共同的認知。

「妳似乎非常擔心韋佛。」

於是，梅爾文從一旁開口。

「……就算是那副樣子，他也是我的老師。」

「說得也對。」

梅爾文帶著苦笑邁步前行。

他與出發前相比只多加了一件禦寒衣物，但體力似乎意外地好，一路在雪中走過來也只是微微喘氣。換成老師應該早就受不了了。不過，他在路上大約吐了兩次血。

「……你和老師差好多。」

「嗯？噢，因為那傢伙的『強化』技術不佳。話說，強化只要用魔術迴路代替神經就行了，光是活動怎樣都應付得來。可惜內臟就沒那麼簡單了，哎，只要心臟不停止，我便走得動。」

雖然他的發言很危險，但我轉變念頭，心想魔術師大體上都是這種人。

而梅爾文轉動手腕，微微皺起眉頭。

「不過，大源(Mana)運用起來不太順手。這座森林是不是連空氣都不一樣？」

「根據以前的調查是這樣沒錯，但情況或許比腑海林本體好一些，依照教會的資料，也有在腑海林內完全無法使用大源的紀錄。要行使大規模魔術大概有困難吧。」

「——這樣未免太過壓制魔術師了。我連維持調查用的魔眼都相當辛苦耶～」

聽到卡拉博這番話，伊薇特將手指舉到眼睛旁擺出招牌動作。即使是這麼大的暴風雪，似乎也無法挫折她的信念。坦白說，我很羨慕那種堅強。不管有點奇特或怎樣，那都是我身上無論如何也找不到的美好本質。

於是，梅爾文舉起手邊的小提琴盒眨眨眼。

「嗯。這樣的話，太好了，看來有我也辦得到的事情——伊薇特・L・雷曼。可以讓我看看妳的魔術刻印嗎？」

面對青年的請求，伊薇特皺起眉頭。

「你要收韋恩斯家的正規費用嗎？」

「現在面臨緊急情況，先不收費。」

「那麼請看！」

伊薇特以非常現實的態度拎起粉紅色雙馬尾，露出頸項。雖然我看不出來，雷曼家的魔術刻印好像移植在那個部位。

梅爾文握住自小提琴盒取出的音叉，聚精會神半晌。

當他以音叉輕敲琴盒，隆隆的聲響在暴風雪中響起。青年緩緩地在伊薇特的頸子上移動音叉，同時輕聲呢喃。

「生物分別有其固有的波動。螞蟻也好、鳥也好、人類也好，都具有只屬於自己的波動。雖然具血緣關係者的波動近似，但絕非一致……那麼，問題在於魔術刻印也是某種生命，有著異於宿主的波動。」

他邊說邊從小提琴盒裡取出幾瓶藥品。

「所以只要讓兩種波動盡可能接近，光是如此刻印的效率便會大幅上升。」

他迅速地將藥品倒入另一個燒瓶混合攪拌。

然後梅爾文再度敲響音叉，指尖沾了沾燒瓶內的混合液——好像描繪某種魔法陣般，將藥品塗抹在少女頸項上。

「啟動（Activate）吧。」

他唸出簡短的咒文。

砰，我彷彿聽見某種事物破裂的聲響。那多半是錯覺。是只有人類的認知接受了並未完全化為現實的神祕現象——我在鐘塔的課堂上聽過這樣的內容。

伊薇特撫摸頸項，微微瞪大雙眼。

「這是什麼？我的身體突然變得暖和起來。」

「如同方才說過的，我暫時使刻印活性化了。雖然效果只是將魔力循環效率提升約兩成，不過我想身體的感覺會改善很多。」

「真不愧是調律師。」

伊薇特高興地聳聳肩。

「嗯。這樣的話，看來能撐過追蹤靈脈這段期間。」

「哈哈哈，那再好也不過了。卡拉博先生不是魔術師不需要調整，那格蕾小姐要試試嗎？」

「啊，不必了，因為我也不是魔術師。」

「可是妳的右手……啊，不，那就算了。」

白髮青年說到一半，乾脆地搖搖頭。

「回到剛才的話題，妳瞧，就是韋佛和妳的事情。」

他只顧自己方便地回到一度中斷的話題上。

青年我行我素的作風令我不知所措，但梅爾文毫不顧及這些，如此說下去。

「聽說妳不是作為魔術師加入的吧？然而，妳跟著他來到魔眼蒐集列車這種特級危險地帶，現在甚至踏進腑海林之子內部。我覺得這並非只用淺薄的師徒關係就能說明的。」

「關於這點，你不是也一樣？」

我忍不住以反問回答問題。

儘管覺得自己這麼做沒有禮貌，青年不介意地頷首。

「因為我是韋佛要好的摯友啊！」

不知不覺間，他還多加上要好一詞。

「雖然我從十年前就開始為他的冒險出資，卻很少有機會可以親身體驗。難得來都來了，我的信念是一不作二不休（In for a penny, in for a pound）。」

「難得有機會，就不惜賭上性命？」

「哈哈，因為我連魔術刻印也沒有。只要做好交接工作的準備，無論死在何處也沒多少人會傷心。哎呀，我可不是在挖苦上一代艾梅洛閣下。」

他拋出應該會狠狠踩到某些人地雷的發言。當然，現在老師與萊涅絲之所以過得很辛苦，是上一代艾梅洛閣下身亡時幾乎沒做任何準備造成的，不過他如此準確地踩中地雷，反倒有種爽快感。

雪風纏繞梅爾文修長的手指，立刻朝視野另一頭散去。配上雪白的髮絲與端正的側臉，這一幕看來宛如電視廣告會出現的場景。扣掉眼眸中的一絲藍色，所有色彩都距離這名青年很遙遠。

簡直就像是冬日精靈。

「請問，你說你是老師的友人，兩位是怎樣的關係呢？」

「嗯～最適合的描述是債務的債主與借款人嗎？」

梅爾文歪歪頭回答。

「老師也向你借了錢？」

「倒不如說，我是他第一個借錢的對象。」

青年從鼻子裡哼了一聲，瞇起眼眸。彷彿珍愛著已逝的遙遠時光，他以清爽的聲調繼續道：

「第一次見面時，我叫女僕端著媽媽幫我準備的咒體寶石收藏品在班上炫耀一番，被好像很火大的韋佛揍了一頓。」

「請別用悅耳的嗓音暴露人渣行徑。」

我不禁說出心聲。

該怎麼講，他比亞托拉姆．葛列斯塔更散漫又不出言諷刺，反倒襯托出他是多糟糕的人渣。他為何如此熱愛母親？只是，覺得火大就揍人與如今的老師給人的印象不符，讓我感到困惑。雖然教訓費拉特的時候，老師由於相性問題經常訴諸體力，但連動手的時候，他明明也一副嫌麻煩的樣子。

「唉，當時的韋佛基本上碰到任何事都很惱火就是了。他拒人於千里之外，不論何時看到都是在寫論文或什麼東西，我猜他多半認為鐘塔的所有人都是蠢蛋吧？實話實說，當時他的性格渾身是刺。」

梅爾文邊走邊往下說。

「結果，在一堂忘了是降靈術還是變身術的課上完後，他抓住我開口：『你說過只要能告訴你愉快的故事，不管是錢或別的你都願意出嗎？我會掀翻整座鐘塔，給我旅費和機票。』哎呀，我的確記得自己這樣說過，那句話是我當時的口頭禪，所以我為他準備了旅費和機票。」

「…………」

我簡直無法想像那樣的老師。

我不知曉的老師。我不知曉的時光。不過，那是確實存在的過往。

「啊，我並未抱著多少期待。我心想他終於要逃回故鄉了？但就算如此，大約一年後派女僕追蹤調查很可能看得到有趣的東西，我覺得約定能夠兌現。妳知道嗎？一路以來不斷努力的人受挫墮落的場面，滋味相當可口喔。」

梅爾文的話悄悄落在吹襲而來的大雪縫隙間。

他那淡色嘴唇與先前的台詞太過相稱，看來宛若惡魔。就像大言不慚地宣稱喜歡人類的那張嘴，立刻又向我呢喃甜美的背德與背叛般，那種一線之隔的印象。

「他返回鐘塔後，說要歸還借用的旅費，給我一疊皺巴巴的紙鈔。錢大概是他在旅途中賺的，其中摻雜不少外幣。而且，他還說出這樣的話：『不好意思，我無法按照約定告訴你任何愉快的故事。我向你道歉。我真的是個無力的蠢蛋。不過，我有無論如何都想做的事情，希望你再次借錢給我。我想買下失去老師的艾梅洛教室。』這不是超有趣嗎？

這也激起我的興趣，告訴他：『好，那我借錢給你，你我就算是朋友了怎麼樣！如果是摯友借錢，我會寬限到最大限度才催債。』唉，雖然他欠我的債務最終被小萊涅絲那邊買下，整合成一筆了。」

梅爾文笑得很開心。

我連想都不必想，也知道老師發生變化的契機是什麼。第四次聖杯戰爭。而且，老師曾說他在聖杯戰爭後環遊世界，指導過幾名學生魔術。

但我在意另一件事，不禁發問：

「你為何……那麼中意老師？」

「嗯？啊，那是當然的。人類意外地會有所成長喔。總之，生命本身即為一個向量，即使放著不管也會發展技術與能力，停滯不前反倒比較困難。待在鐘塔這個環境，促使馬馬虎虎的魔術才能開花結果的人多得是——然而，向量本身發生改變的情況很少見。因為這實際上相當於自靈魂根底重生。特別是徹底面對自身有多無用的人，除了他以外我不知道還有誰做到。這些足以吸引我的興趣了吧？」

「…………」

我總覺得梅爾文在冰雪林響起的話語，和從前在故鄉老師對我說過的話有某種共通之處。

當時嘆息「人類真的會成長嗎？」的老師。以及現在證實從前名叫韋佛的人改變了存在方式的梅爾文。兩人的話語似乎正好相反，但我不知怎地覺得極為類似。

雖然我說不上來為何那麼想。

「哎，儘管我連想都沒想過他竟然會成為艾梅洛的君主，繼承那個現代魔術科（諾里奇）。這職位在前任學部長失蹤後空缺了一陣子，有種含糊了事的感覺呢。」

「前任學部長失蹤？」

「沒錯。他在各方面都很精明，不過在韋佛剛返回鐘塔時失蹤了。現代魔術科原本就遭到輕視，明明是主學科，無論哪一位君主卻都不肯接手。人人都嫌棘手的地方，正好落在下滑到十二家中屈居末位的艾梅洛頭上。」

「……啊，原來如此。」

在艾梅洛派意外接手之前，我曾對現代魔術科是由十二家中的哪一家掌管感到疑惑，但若是位置空懸就說得通了。也許在鐘塔學習的人當然應該知道，不過看在剛來幾個月的我眼中，到處都是新奇的事。

「我也可以問一個問題嗎？」

梅爾文拋出話頭。

「是誰將韋佛傷得那麼重？是除了我之外的誰？」

我一陣發寒。

他明明一臉裝傻的表情，我卻有種被尖銳地逼問到內心的感覺。

「……那……是……」

正當我說到一半。

「——好像快到了。」

伊薇特開口。

「你們瞧。」

少女按住眼罩，以食指示意。

雖然不知她是否真的有必要擺出手指插進一邊雙馬尾，誇張地遮住半張臉的姿勢，也不知她在強調什麼，卡拉博坦率地依言插下最初的路標——黑鍵。

白雪中的黑鍵看來像座小小的墓碑，極為脆弱地佇立著。

「這樣就行了。工作人員說希望至少再設立兩個路標——伊薇特小姐，可以請妳帶路前往下一處嗎？」

「好的好的。」

伊薇特輕鬆地點點頭，再度帶頭邁步前進。

事情說不定將比想像中來得順利——當這種氣氛開始出現的時候。

走在我旁邊的卡拉博忽然停下腳步。

「……看樣子，設下剛才的路標讓我們被視為入侵者了。」

在他瞪視的目光所及之處，樹枝在密集的樹木一角移動了。

不是被積雪往下壓，而是獨自活動起來。

樹枝如鞭子般彎曲，對準我們描繪出銳利的弧線。看來能像刺穿紙片般輕易貫穿人體的魔性之枝，被卡拉博剎那間閃過的黑鍵切斷。

「這就是襲擊直升機的樹枝嗎？」

卡拉博注視在地上扭動的樹枝，冷冷地開口。

無論是他的目光或剛剛擋下奇襲的一擊，都找不出任何動搖之色。這代表他在聖堂教會曾跨越許多慘烈戰場吧。

我看著暴風雪彼端伸出新的魔性之枝，也擺開戰鬥架勢。

「亞德！」

「嘻嘻嘻嘻嘻！看樣子我登場的時候到啦！」

解除固定裝置(Hook)的亞德在我手中化為死神鐮刀(Grim Reaper)。雖然可以的話我並不想讓人看見它，然而現在的情況不容這麼做。

「哎呀～還真有勁。」

死神鐮刀掠過雙眼圓睜的梅爾文鼻尖，割斷新一波來襲的魔性之枝。

「請退下。」

我迴轉鐮刀，這麼說道。

可是，此時我也察覺其他情況。

（……這是……）

身體好沉重。

如同梅爾文所言，這座冰雪林的空氣異常。平常應該能一口氣吸收的魔力，只收集到大約一半。我為此更加專注，只供應爆發力所須的魔力，削減耐力與肌力重新做調整。

我凌厲地吐出氣息，伴隨魔力揮動鐮刀。

湧向我們的樹枝一併斷裂。當我重新舉起鐮刀瞪視源頭的樹木時，眼睛晃了一晃。

應當已經切掉的樹枝，還在腳邊活動。

「———！」

我渾身僵住，被割斷的樹枝對準喉嚨再度伸展。

出乎意料的時機。無從防禦的角度。就在我確信喉嚨將被刺穿的瞬間，一道影子掠過。

卡拉博的黑鍵再度擊落那根樹枝。

「小心。最好別以和人類相同的生命力基準衡量與死徒有關的對手。」

聖堂教會的老人防備地環顧四周。

另一道目光，如今具備不同的意義。

伊薇特扯下眼罩，眼睛散發光芒。不，在眼罩下的眼眸並非血肉之軀，而是散發紅光的紅寶石（Ruby）。

「鏘鏘～！伊薇特的加工魔眼，炎燒版！」

轟！虛空燃燒起來。

接連來襲的樹枝群，連同吹打過來的雪花一起扭動著。配合伊薇特的視線，猛烈的火焰漩渦融化冰雪，更將周遭的樹枝燃燒殆盡。

「……原來如此。我曾聽說由寶石加工而成的魔眼，甚至複製了高貴之色。」

「這維持不了多久！」

「了解。」

宛如疾風的黑鍵回應了伊薇特的吶喊與火焰。

那連續斬斷妖枝的俐落身手，宛如人形的漆黑風暴。不只絲毫感覺不出老邁，自由自在躍動的身體更展露出連野生猛獸都敵不過的激烈。

白雪飄散，黑刃飛舞。

恰似刻劃在他側臉的疤痕般，鮮明地生動地全力飛奔。

（——這便是魔眼，這便是聖堂教會。）

在某種意義上，我甚至很感動。雖然從前在剝離城遇見的魔術師海涅好像也有一段期間曾加入聖堂教會，但我是第一次目睹這樣純粹的實力。不同於企圖窮究神祕的魔術師——專注於否定其他神祕的存在方式。

不過，那也很美。

處在這種極端狀況中，名叫卡拉博的人類一舉一動都洗鍊至極。我覺得多半不只卡拉博一個人，而是在這名老人之前已有數百人傳承並錘煉打磨過的技術體系，於此刻開花結果。

「好，交換！」

伊薇特的手指毫不遲疑地插進眼窩。

她再度更換加工寶石義眼。這次是堇青石（Iolite）。以前上課時礦石科（基修亞）的講師說過，這種寶石被視為具備強化靈感的效果，水手們曾用來代替指南針，是古斯堪地納維亞傳說中提及的靈石。

「啊！好痛～……來，往這邊走！」

黑色祭司服翻飛，老人一步也沒偏離伊薇特引導的路線。

正當我防備著樹枝來襲，來到奔跑的卡拉博身旁時。

「──！」

腳下地面突然崩塌。

正以為會摔進漆黑的洞穴內，卡拉博伸手握住我的上臂，用力拉起我。

「謝……謝謝。」

「那裡剛剛只有被雪覆蓋表面。」

過去視。

這名老人持有的魔眼，還有這樣的活用方法嗎？說是這麼說，在被迫極度專注的戰鬥中，連過去的狀況都能加以觀察利用，是經過怎樣的修行才鍛鍊出的技術？雖然迅速跑了數百公尺左右，但卡拉博的動作並未減慢。他掩護我的行動同時準確地擋下魔性之枝的身手，正是長年經歷團隊戰鬥之人才會累積的智慧。

「這……這實在很吃力……」

梅爾文竭力在後面追趕，累得頭暈眼花。

再奔跑大約幾分鐘後，陡峭的下坡出現在被暴風雪覆蓋的視野內。

「糟糕。」

「別停下來！」

老人吶喊。

他這麼說的意思顯而易見。更多的死亡之枝正成群自我們背後追擊過來。樹枝群複雜地重重交纏，宛若怒濤般驅散白雪，看起來簡直像條巨大的蟒蛇。

「滑下去！」

老人在陡坡前猛踏地面。確認他縱身跳下陡坡後，伊薇特眨了好幾下眼，難以置信地搖頭。

「啊～真是的！就因為這樣才說聖堂教會野蠻嘛！」

雙馬尾少女也捻起裙襬滑下陡坡。

我轉過頭，將氣喘吁吁的青年推下去。

「梅爾文先生！抱歉！」

「嗚哇啊啊啊啊，這是搭雲霄飛車的感覺啊！咕啵嘔嘔嘔嘔！」

梅爾文滑落山坡，同時沒有減速，靈巧地吐著血。

他好像真的以魔術迴路代替神經使用。那無疑是正常人不可能辦到的行徑，儘管是否值得稱讚另當別論。

我也以驚人之勢滑落，注視山坡下方。

伊薇特朝下方緊鄰處伸出手指。

「在那邊！」

「喔喔！」

卡拉博照伊薇特的指示投擲黑鍵。

我也感受到有某種「力量」掠過大地。

第二個路標。

「還剩一個！」

卡拉博繼續滑行，轉動目光。

山坡下——陡峭的懸崖邊也湧現新一群死亡之枝。森林為了迎擊我們搶先到達此處。設立第二個路標後，我感覺它們的敵意跟著倍增。

它們企圖保衛。

阻止插下第一柄黑鍵的我們更加深入。

不，搞不好——

（……是為了不讓被捕獲的魔眼蒐集列車逃脫？）

我腦海中掠過這種想像。

老人在滑行中斬斷一根特別大的樹枝呼喚道：

「格蕾小姐！」

「是！」

我明白他的言外之意。

我將死神鐮刀刺進地面阻攔滑行，以撐竿跳的訣竅運用反作用力猛然跳躍。憑藉鐮刀的重量螺旋旋轉，大鐮刀在白色世界中描繪出黑色的半月形。

感受著襲擊我的樹枝一併被斬斷，在半空中緊握住其中一根枝枒。我利用企圖收回的樹枝強行在空中轉換方向，衝向作為樹枝源頭的樹木。

那棵樹就像由經過漫長歲月的冰河直接化為形體一般。

冰樹在懸崖邊接連增生死亡之枝的數量。

「啊啊啊啊啊！」

無數樹枝蹂躪所有方位，令我聯想到蜘蛛網。所有樹枝上更長出好幾層冰棘，一起覆蓋半空。只要被一根冰棘刺中，體內恐怕就會徹底遭到寒冰侵襲。

話雖如此，如果就此全力突擊，唯一的下場是無法煞車地摔落懸崖彼端。

（——誰管這些！）

我將恐懼排除在意識外。

我僅僅認知到在空中的位置與平衡，一心一意連同整個身體撞上去，以斜角揮下鐮刀。忽視接連與斷裂樹枝及冰柱碎片劇烈撞擊的疼痛。打從以前開始，我唯一擅長的就是忽視自身的痛苦。無論身心皆然。

有短短的一瞬間，風停了。

我在墜落中看見冰樹沿著對角線破裂。伴隨死神鐮刀取得的結果，我被逐漸往懸崖彼端墜落的漂浮感所困，懸崖峭壁以驚人之勢往上掠過。

「咿嘻嘻嘻嘻！要是摔成肉餅那可傷腦筋了！」

我沒理會亞德開的玩笑，在墜落中將鐮刀延伸到極限。

鐮刀前端勉強刺進崖壁。我滑落了好幾公尺並竭力煞車，在崖壁中段終於停止墜落。

同時，上空發生動靜。

晚一步滑下來的伊薇特拉高嗓門。

「那邊！」

「——第三個！」

卡拉博投擲的黑鍵刺穿伊薇特指示地點的氣息傳來。

比方才強大數倍的「力量」奔流往大地迸散，令我產生地底有巨大生物正在翻騰的錯覺。或許在某些地方會將之稱作龍、某些地方則稱作神。據說鐘塔的教室也是沿著那名為靈脈的歪曲興建的。

（成功了……？）

至少後續的成員沒有像我一樣墜落。懸崖上的戰鬥似乎暫時落幕了。直到剛剛還雲集湧來的魔性之枝全數消失，那股貫穿我們的無形敵意也一樣。

我重新望向懸崖下方，還剩大約數十公尺的高度，讓我感到恐懼冷冷地撫過胃部。

「格蕾小姐～！」

雖然在暴風雪中看不清楚，梅爾文的呼喊勉強傳了過來。

「我不要緊！之後再與大家會合！」

我只回應了這句話，心想要直接回到懸崖上很困難，暫且朝下方前進。

我用崖壁的凹凸處當作支撐點，將亞德放回右肩的固定裝置。儘管我當然沒有自由攀岩的經驗，即使不夠完備仍經過「強化」的身體彌補了這一點。

（如果我起碼會用漂浮魔術的話……）

我回想起昨晚老師談論的飛行魔術，一步一步確實地移動。

就算這樣，我還是沒花太多時間就下到崖底。抵達最底端後，我的目光投向地面一個地方。

「這是？」

埋在雪中的物體，看來像顆銀色的種子。

那物體看來像是已乾枯的空殼一類，卻連餘香都散發出鮮明強烈的魔力。這個結晶本來究竟具有多龐大的魔力？這足以令人戰慄。

忽然間，我想起卡拉博的話。

——「據說充分熟透的果實常常會流下血滴。」

——「這些血滴有一部分會化為種子，在地下沉眠一陣子以後，選擇與本體不同的進化。」

（……這便是那個種子？）

那種東西碰巧埋在魔眼蒐集列車的行經路線上，碰巧在這樣的時機發芽？

當真——？

「——妳找到了很有趣的東西。」

話聲傳來。

僅僅如此，我的思考與一切就全部凍結。

我感覺到自己連一根手指都徹底僵住。如果可以歸咎於寒冷，那該有多好。眼前佇立的人影嚴酷得無可救藥，不容許我像那樣欺騙自己。只有一次的交戰，甚至束縛了我的靈魂。

我動作生硬地抬頭。

「為……什麼——」

「我想過你們多半會來此處。不過，期待似乎落空了。我的目標是那個愁眉苦臉的傢伙。遠離戰場一陣子，我的直覺也衰退了嗎？」

在鴉雀無聲的空氣中，那個沉穩的聲音威嚴地響起。彷彿在說唯有她的話語，甚至連這座魔性之森都無法阻擋。

（……啊啊。）

死亡之枝會消失，一定是畏懼她。

縱使死亡之枝是源自於死徒的存在，不，正因為如此才無法靠近那位英靈不是嗎？我這樣聯想。

「真可惜，那個乖僻的男人似乎不在。」

紅鎧女英靈——赫費斯提翁百般聊賴地開口。

4

梅爾文靠近懸崖邊，放聲大喊：

「格蕾小姐～！」

一方面是天色昏暗的影響，經過「強化」的眼睛也看不清底下的狀況。她好像正與什麼人對峙，但異常濃密的魔力模糊了他的認知能力。

「看樣子下面發生了什麼事——卡拉博先生？」

青年之所以抬頭，是因為感受到那位神父僵住的氣息。

「……糟了。」

卡拉博的聲音僵硬。

黑色肌膚的神父保持回頭的動作，如此低語。

「魔眼蒐集列車已經開動了。正朝這邊前進。」

*

我感覺到所有神經都緊繃起來。

膝蓋打顫，呼吸變得急促。光是與那個對峙，靈魂就被壓碎。

敵方是境界記錄帶(Ghostliner)。留名人類史之英靈的複製體使役者。哪怕魔術師達到超人境界，也無法和她身上暗藏的神祕相提並論。

走近的人影，對我而言看來只是死神。

「好了。」

女戰士以音色分明的聲調告訴我。

「妳似乎沒喪失戰意。雖然我無意對妳怎麼樣。」

「…………」

我屏住呼吸，取出才剛收回固定裝置的亞德。

我讓它變形成死神鐮刀，同時竭力地動腦思考。但凡有一瞬間放鬆，意識很可能就會中斷。如果昏厥過去那該有多輕鬆啊，我心想。即使如此，既然有該做的事，就不能在這種地方倒下。

「妳為何襲擊老師？」

「我說過了，因為看他不順眼。」

「就算這樣，當時妳約他會面應該另有理由。第一次相遇時，妳曾說自己是偷走老師聖遺物竊賊的追隨者。而且，妳既然是使役者就應該有主人。」

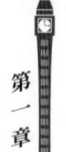

「至少還知道使役者的基礎知識嗎？」

女戰士——赫費斯提翁微笑道。

那個笑容讓我以為心臟凍結了。我曾多次對上可怕的對手。曾和獵取魔術刻印的野獸、手提包裡沉睡著怪物的冠位魔術師交手，不過，我從她身上第一次體驗到這種壓力。與其說因為她是英靈，不如說是純粹強化戰鬥能力者以其獨特的敏銳鬥志達成的絕技。

「那就用那把鐮刀問出來吧。從前的我——我們一直是這麼做的。」

「……那並非我的作風。」

我按住顫抖的刀尖。

感覺好像有條蛇在胃部深觸翻騰，我隨時可能吐出來。

我忍耐著想跪倒的衝動，耳朵聽見另一個聲音。

蒸汽機的運轉聲。當然，列車絕大多數的能源應該是由魔力提供，不過那古色古香的聲響與那輛列車很相稱。

（……魔眼蒐集列車……開動了？）

試著想想，沒什麼好不可思議的。

列車會停止是因為被腑海林之子環繞迷失了路線，既然我們設下路標，立刻繼續行駛也沒有任何矛盾。而且考慮到速度，列車不出幾分鐘就會經過這裡。

不只如此，出乎意料的現象進一步發生。

大地出現龜裂，並立刻擴散到我們的立足地所在。

「地面……！」

「哈，終究只是怪物的分身。靈脈的控制權被奪走後，一下子就支撐不了了？」

赫費斯提翁揚起嘴角。那個笑容是出於她自知有辦法應付的自信嗎？實際上，只要有神威車輪(Gordias Wheel)，逃離逐漸破碎的森林易如反掌。

我並沒有那種手段。

這代表——

（——只是必須一擊決勝負而已。）

我這樣說服自己。無論如何，同一招都無法在如此優秀的戰士身上通用兩次。我做得到的事情沒有改變。僅僅是將一切投入剎那之間。

剎那間，響聲與破壞好像都停止了。

時間無止境地延伸，在我與女戰士之間凝固。聽得見遠方懸崖上積雪崩塌的聲音，但這並未造成任何動搖。

（雪崩……）

多半是地形崩塌所致。

我僅僅當成戰鬥環境的變化意識到這一點，不過已無關緊要。此處只有我和自稱赫費斯提翁的女戰士。

「妳應該用身體複製的英雄是——」

我聽見在故鄉聽過的聲音。就連這個都遺忘了。這說不定是第一次。

生命只有當下。在被逼至絕境的此刻，我清晰地領悟過去和未來對生命而言都只不過是附屬品。既然這名女子是馬其頓的戰士，她一路以來當然也是這麼生活的。「正因在那遙遠彼方，才更顯榮耀」這種將希望與未能目睹的土地相連結的思想，果然也是誕生自生命易逝的時代嗎？

「……嗯，還不賴。」

女子揚起嘴角。

「我還以為戰士在這個時代已然滅絕，不過妳的資質很好。擁有置身生與死之間仍然牢牢抓住生命的光輝。」

「我也……知道。」

我回應她。

「……老師的痛苦遠比這種東西更有價值。」

「真敢講。」

女戰士（赫費斯提翁）笑了。

白雪爆開。我猛踏地面，餘波打飛周遭的雪塊。

奔跑。

專注於全力加速。

我聚精會神到風景都失去色彩，將所有力量壓縮在這幾秒鐘。

在分出勝負前，我只施展一擊。

那麼，應該選擇的是——

「亞德，解除第一階段限定應用！」

「嘻嘻嘻嘻嘻！真沒辦法咿嘻嘻嘻嘻！」

手中的死神鐮刀分解，形似魔術方塊的表面旋轉、展開，將在內部肆虐的魔力誘導至新形態。

攻城槌。

除了本體閃耀於終焉之槍(Rhongomyniad)之外，亞德具備最大破壞力的形態。

我用力揮起攻城槌發出魔力火焰。老師曾經認證，即使換算成使役者的技能也相當於D級魔力放出的強大威力，一口氣重擊赫費斯提翁。

赫費斯提翁招架巨槌的劍嘎吱作響。

「這……是——！」

她瞪大雙眼。哪怕是赫費斯提翁，也無法輕鬆對付攻城槌的魔力放出。這也是當然，因為支撐魔力放出的能量是真正的寶具。

我更進一步驅動魔力。

哪怕體內的魔術迴路發出哀鳴，我仍然專心一致地讓魔力迴轉。這具身軀化成為此所須的齒輪（系統）。在我和赫費斯提翁之間短暫相抗衡的威力，與自攻城槌背部噴射而出的魔力相輔相乘，直接擊入女戰士的身體。

反作用力將我的身軀大幅往上拋飛。

「得手了──！」

我的目標是這股反作用力。

我在逐漸崩塌的懸崖上方貼著邊緣奔跑，漆黑列車出現在視野中。

（──魔眼蒐集列車──！）

呼喚聲遠遠地傳來。我不確定是不是梅爾文。

「格蕾小姐！」

「格蕾小姐！」

還有少年的聲音響起。

卡雷斯・佛爾韋奇。比起幫我這種人，他明明應該照顧老師的。

戴眼鏡的少年（卡雷斯）從大幅敞開的車門內伸出手。我也察覺龐大的質量正隨著列車一起從另一頭湧來。

是我先前發現的雪崩。

質量龐大的雪崩彷彿追逐著列車往這邊襲來。

就算這樣，我也沒停下腳步。既然無處可逃，唯一的方法是在雪崩到來前搶先搭乘魔眼蒐集列車。根據目測結果，列車應該可以勉強逃離雪崩範圍。

我猛蹬逐漸破碎的懸崖，卯足全力灌注在最後一步上。

（碰到——）

我伸出手。

竭盡全力地伸出手。

朝我探出身子的卡雷斯正在接近。他背後還傳來卡拉博與伊薇特的氣息。看樣子所有人都平安地上了車。雖然列車並無曾經停車的跡象，既然是魔術師與聖堂教會成員，這種程度的問題應該不成阻礙。

（——碰到啊——！）

我的指尖觸及卡雷斯的手。

剎那間，颳起一陣風。那是腑海林之子最後的倔強嗎？死亡之枝緊緊纏繞上來，拖走我的身軀。那個動作絕不算敏捷，對於精神集中到極限的我來說卻是太過致命的接觸。

「————！」

即使揮動死神鐮刀斬斷樹枝，也已太遲了。

魔眼蒐集列車轉眼間從旁穿越，我開始墜落的身軀漸漸被雪崩覆蓋。純白的質量帶著沖垮一切的壓倒之勢，迫使我聯想自己也將成為其中一塊。

「……格蕾小姐……！」

卡雷斯的呼喊遙遠地……十分遙遠地迴響。

——我的意識中斷。

◆第二章◆

1

——時間稍微回溯。

空氣緩緩地流動著。

那是因為寒氣正極緩慢地潛入室內。雖然暖氣設備在運作，還是不及從冰雪林中湧來的大量寒氣。不僅限於一個房間，寒氣甚至企圖慢慢凍結魔眼蒐集列車本身。

在那個房間中，癱坐著一名銀髮少女。

奧嘉瑪麗．艾斯米雷特．艾寧姆斯菲亞，天體科君主之女。

周遭的環境整潔得近乎殘酷，旁人已無法分辨此處曾是凶殺現場。地毯與床鋪自不用說，有備用品的家具全都替換上新品。而遇害的特麗莎．費羅茲的無頭屍體，也只施加了避免魔術刻印腐敗的保存魔術，存放到運貨車廂。

於是——

「……果然很奇怪。太奇怪了。」

少女低聲呢喃。

她一直在這個房間裡持續調查。

當然，室內已徹底清掃完畢。整理得乾乾淨淨的房間格局也幾乎不存在能藏東西的地方。就算用現代科學調查，想來也不會發現有用的線索。然而，少女卻不可抑制地一遍又一遍不斷仔細檢察這個約為客車廂一半大小的空間。

理由沒什麼大不了的。

只是極其細微的、純粹的直覺。因為與艾梅洛II世等人分開後，沒有其他地方可去的奧嘉瑪麗返回自己房間時，感覺到一絲——如微乎其微的羽絨般的異樣感。

但房間被無從隱藏任何東西，不留一道血跡地清理過，持續搜索就像一種強迫觀念。與其稱作堅持，更接近執著。實際上也許是精神疲憊導致，少女的雙眼下方浮現淡淡的黑眼圈。不過要說她美麗的側臉是否因此失色，略顯消瘦的臉頰也賦予少女難以形容的魅力。偶爾有些人物會在不幸的磨練下展現美好本質，這名少女或許也具備類似的性質。

或者，那說不定可以說是作為魔術師的傑出才能。不管在他人眼中看來多麼瘋狂，僅僅追求自己相信的事物，是長達數千年持續背離凡俗的正確魔術師（沒有人性）存在方式。

身為君主家族成員，她僅僅一心一意地尋找只屬於她的異樣感——

「呀！」

列車突然開動。

在承受不住慣性腳步踉蹌時，奧嘉瑪麗柳眉緊皺。

「——好痛。」

她收回手。

「列車動了？發生了什麼事？不，更重要的是……」

少女的目光望向虛空。

那裡空無一物，只有淡淡的寒氣流動。儘管如此，她小心翼翼伸出的手感覺到奇妙的抽痛，少女以揉搓般的動作一點一點地移動手指。

「這個座標有術式？既非地板也非天花板，而是嵌入與列車的相對座標？不過若是這樣，那個討厭的君主早就會發現……」

說到此處，奧嘉瑪麗面臨另一個事實。

「……對我的魔術刻有所反應？」

在她沒站穩的一瞬間，似乎潛意識地驅動魔術刻印使用了「強化」。艾寧姆斯菲亞的刻印已有一部分移植給她，隱匿的術式對那個魔術刻印的驅動產生反應，浮現出來。

若非如此，她應該也無法發現。

（……這個多半是……）

假使死去的特麗莎在喪命前都坐在椅子上，那個位置正好在她胸口一帶。

手指抵住虛空中看不見的魔法圓，奧嘉瑪麗瞇起眼眸。

「我對這個術式有印象。記得是……」

白皙的手指好幾次摩娑半空，看來也像在試圖回想記憶於那個指尖，而非腦海中的某件事物。

（特麗莎的費羅茲家……是曾接受艾寧姆斯菲亞分株的家族……）

她是指魔術刻印。

為了擴大自家勢力，鐘塔的權威家系有時會將魔術刻印分株。分株這件事本身也分為幾種模式，費羅茲家為最高等級——亦即直接移植了一小部分艾寧姆斯菲亞源流刻印的家族。

正因為如此，艾寧姆斯菲亞長年來對費羅茲家寄予莫大的信賴，時至今日，身為現任當家的奧嘉瑪麗之父也依循傳統重用特麗莎．費羅茲。雖然扮演家庭教師的特麗莎與奧嘉瑪麗絕對稱不上感情親密，在她沒有達成預定學習進度時，手心經常會挨鞭子，但特麗莎對艾寧姆斯菲亞的忠誠無庸置疑。

「…………」

奧嘉瑪麗的手指固定在半空。

她想起特麗莎的魔術屬性是稀有的虛數屬性。據說存在著無的虛數空間，類似於某種次元口袋，掉入其中之物會變得不受時間及空間限制。

能夠干涉這個次元口袋的對象，取決於最初的術式。她聽特麗莎提過，雖然基本的干涉條件是同屬虛數屬性之人，視情況而定，也可以變更成其他不同的方法。

「……如果以魔術刻印來限定，和同系統的艾寧姆斯菲亞魔術刻印同調也不足為奇……？」

那就類似一把鎖。

當然，因為是鎖，一般都會設定成他人無法開啟，不過若刻意放寬限定範圍，也可以用來傳送東西給別人。如果特麗莎基於某種意圖設定了虛數空間，那是……？

奧嘉瑪麗謹慎地移動手指。

大約轉到半圈時，動作停止了。

「卡住了。接下來大概需要密碼吧……特麗莎有可能選擇的，我應該看得出來的句子……」

回憶起大概是她對自己說過最多次的話，奧嘉瑪麗的表情有點泫然欲泣。

不久之後，她張口詠唱簡短的咒文（密碼）。

「……小傻瓜瑪麗，挺直背脊。」

彎曲的指尖蘊含魔力，像鑰匙般轉動半圈。霎時間，在虛空有什麼翻轉了，吐出本來吞進內側的物體。

咕咚，物體伴隨沉重的聲響掉落。

奧嘉瑪麗瞪大雙眼。

「什……什麼……」

她勉強按捺住沒驚叫出聲。

因為對於生在鐘塔的君主家族，在這輛列車上才剛碰到隨從命案的她來說，那也是連想像中都沒出現過的景象。

「這是什麼……！太奇怪、太奇怪了！事情是怎麼搞的！這是怎麼回事，特麗莎！」

正當她終於忍不住大喊的時候。

一陣沙沙聲響起。

奧嘉瑪麗回頭一看，只見漆黑的東西在房間角落移動。她發現那些沙沙蠢動的東西是成群的蜘蛛。當然，她幾乎同時認識到這並非單純的蜘蛛，是某種受魔術師操縱的使魔。

（——有人偷窺我！）

她心理大受衝擊，房門嘎吱打開的聲音傳來。

雖然房門應該上了鎖，從蜘蛛在室內爬行來看，門鎖也被對方解除了嗎？客車廂的各道門鎖是單純的物理鎖，開鎖本身對具一定實力的魔術師來說難度不高。

「嗨，不好意思。」

這麼說著走進來的花花公子摘下帽子，僅在言語上道歉。

來者是約翰馬里奧．史琵涅拉。記得這名男子說過，他有個叫約翰馬里奧的喪屍烹飪秀之類的胡鬧冠名節目。那些蜘蛛是這名魔術師的使魔嗎？

「我想妳已經發現了，我從不久前開始派它們監視各處。哎呀，儘管我完全找不到，府上的隨從可是留下了驚人的臨別禮物。」

男子以傻眼的語氣說道，聳聳白色西裝下的肩膀。

他的身後還有另一個人——

「是呀，太好了。」

頷首的氣息傳來。

對奧嘉瑪麗而言，那個人遠遠更加可怕。

「妳幫忙找到了。真不愧是繼承天體科之名的人物。」

法政科的魔術師，化野菱理高興地微笑著。

2

我回過神時，正躺臥在地。

背部接觸著堅硬的岩地。

滴答，水珠滴落的聲音響起。我茫然地追逐著那顆水珠在岩石表面迸開，響遍四周的感覺。

（……山洞……？）

視野一角在我喃喃自語時捕捉到朦朧的人影，讓我所有神經沸騰。

明明試圖站起來，膝蓋卻沒有力氣。是因為先前的魔力放出吧。在那座原本便難以收集魔力的冰雪林中，對魔力放出灌注精氣直到極限的理所當然報應，此刻侵蝕著身軀。

就算如此，唯有咽喉喊出對方的名字。

「赫費斯提翁——！」

馬其頓的女戰士蹲在洞穴內的小火堆前。

女戰士並不在乎我的吶喊，將枯枝送進火堆。

「妳醒了？」

她看也不看我地開口。

我赫然驚覺觸摸身體，發現幾乎沒有弄濕。看來在雪融化黏在身上以前，就有人替我撣去雪花。

連我也明白，這是怎麼回事。

「妳為何救我？」

「妳是戰士。」

女戰士依然注視著火焰如此開口。

話語簡短而凌厲。同時也從一開始便看出我的疑惑。

「既然如此，我不能讓妳死於意外。戰士應當盡可能死在戰場上。我無意在這裡動手，放心吧。」

赫費斯提翁一派理所當然地說道。

她的回應，就像有人在問她簡單的加法問題。考慮到在戰場上一瞬間的遲疑會招來死亡，她從前生活的地方中說不定正推崇這種簡單的思維。

我繼續繃緊神經好一會兒，但她沒有發動襲擊的跡象。

「…………」

我也緩緩地坐下。

我調整氣息，動腦思考。根據精氣的消耗情形判斷，昏厥的時間應該不長，大約幾十分鐘左右。我不知道列車行駛到何處了。有沒有可能跟他們會合？假使不可能，該如何通知他們我平安無事？

只有焦慮感越發強烈。

思緒不斷兜圈子空轉。我感到渾身血液溫度驟降，冷汗冒個不停。

（如果老師在這裡……）

或是費拉特也好，史賓也好，我應該都會輕鬆許多。

列車上的卡雷斯怎麼樣了？梅爾文最後搭上列車了，不過他還平安嗎？後來老師的傷勢情況有什麼變化？

（……不行。）

想這些事也沒有意義。

現在我該做的是別的事。我必須找出並非其他人也可以，唯有我才辦得到的事情。因為在場的人是我，不思考對我而言的最佳方法就沒有意義可言。

（我辦得到的事情是……）

我瞥了女戰士一眼。

光是坐在火堆前，她的存在感便幾乎壓碎我。英靈都是如此嗎？或是這名女子很特殊？不論如何，哪怕只有一個也好，我能帶回去的情報是……

經過一番深思，我挑選這樣的言語發問：

「……妳和老師召喚過的英靈是什麼關係？」

我沒有提起伊肯達。對於說出那個名字，我感到非常猶豫不決。

聲音在至今依然充斥緊張氣息的山洞內迴盪半晌。直到隆隆的回音完全停止後，女子總算開口。

「我還想著妳會突然問什麼問題。」

女英靈喉頭發出低笑。

「什麼關係？什麼關係嗎？嗯，從前常常有人問我。沒想到如今身體變成這副德性之後，還會再被問起。」

赫費斯提翁聳了聳肩，揚起嘴角。

儘管如此，她在搖曳火光下的側臉顯得很愉快。如果沒什麼朋友的我鑑定眼光可靠的話。

她瞇起眼睛，宛如向山洞裡的黑暗訴聽一般吐露話語。

「原本，是那傢伙的母親指派我負責監督他。」

「母親嗎？」

突然登場的人物令我眨眨眼。

不，雖然問起她生前的往事，出現我不知道的人物是當然的，我卻連想都沒想過會是他的母親。因為我至今聽說的伊肯達——是史上最接近稱霸世界的人物之一，他與母親的連結是一個盲點。

「哼。感謝他一個勁兒地拖著我從戰場到另一個戰場，有些人誤以為我是他的情婦，給我造成許多麻煩。話說，那傢伙高喊著什麼宙斯的護佑，轉眼間變得毛髮濃密，完全找不到從前可愛時的影子了。」

「……這樣啊。」

不知怎地。

這番話讓我莫名感到安心。宛如滾動的石頭落入應該在的位置般，沒有理由的情緒。就像一刀切入那股安心感，女英靈繼續道。

「不過，沒有比他更傑出的王者。」

她熱切地說。

彷彿被火焰照得狂熱起來，赫費斯提翁的話語很激烈。我甚至懷疑眼前的對象突然化為了那團火焰。從足足兩千年前開始燃燒，絕不熄滅的人形火焰。焰之意志。

「不管是遙遠的大遠征、侵略埃及、與大流士三世一決勝負或是在印度密林的鬥爭，統統讓人興奮。甚至連終於在恆河折返時，亢奮也並未衰減。哪怕生病倒下，偉大的王者都驅策我們繼續前進，去看世界盡頭之海。他的話語是多麼熱情，多麼閃閃生輝，多麼令人備受折磨。什麼太陽的熱量，與那傢伙相比微不足道。我們每一個細胞都為之沸騰，忍不住向前疾馳。忍不住放聲吶喊，遠行萬里。燃燒所能燃燒的生命之火，即使有誰的火焰終於燃燒殆盡倒下，仍然頭也不回地往前走。」

赫費斯提翁的火焰似乎更增熱度。

猛烈到足以將什麼小山洞燒盡。足以令我在這個狹窄之地想像往年的千軍萬馬。接著，她比剛才的熱度更瘋狂數倍地斷言。

「我是那傢伙的頭號心腹。唯獨這件事，我不容許任何人否定。」

「…………」

不一樣，我心想。

我有好幾次——無論直接或間接地——聽老師談論過那位英雄。每一句溫柔而遙遠，彷彿在呼喚著彼方的話語，都是收藏在我心中的珍寶。

然而，那些話語蘊含的情緒與這名女子相差太遠。

此刻的她，對了，與昨夜我和老師首次見到她時一樣。不留辯駁餘地的否定與蹂躪老師的她。啊，那番話並非對什麼人訴說的。絕非如此。要說起來，那是種絕對的概念。打個比方，就像信徒談論自己信奉的神明——

「——」

或者說，那便是本質？若是作為民眾的象徵掌管所有羨艷之情，作為民眾道標的王者，受到部下這樣讚揚是理所當然之事嗎？

多半很接近。

哪怕斷定兩者相同，絕大多數人都會同意吧。

然而，我卻感到某種……像尖刺一般的微弱異樣感。某種扎在胸中微微發痛，絕對無法忽視的感覺。

「可是，妳……」

那種感覺讓我的嘴巴自顧自地張開。

在夢中目睹的景象。甚至不是現實，也並未成為我的妄想的歪曲碎片。在什麼也沒剩下的世界盡頭之海吶喊的女子身影，使我顫動聲帶問道。

——「回答啊，伊肯達……！」

「為何獨自一人責怪著伊肯達？」

「…………」

我產生沉默在迴響的錯覺。

那般沉重的壓力覆蓋山洞。某種自她內在散發而出的龐大力量，擊潰我的核心。宛如被老虎鉗緊緊夾住的恐懼，壓榨著肺部與心臟。

「……赫費斯提翁……小姐？」

「妳看見了……什麼？」

我想到蛇。

與先前截然不同的冰冷嗓音鑽出女子的雙唇。那雙金銀妖瞳(Heterochromia)目不轉睛地盯著我，放射出不饒恕任何推託之辭的光芒。我察覺那對眼眸的真相，還來不及強行轉開目光，她就用魔眼下令。

「回答我，妳看見了什麼。」

強制的高貴之色。

「……在夢中……妳……」

那股魔力操縱我的喉嚨，迫使我說出話語。

「……獨自一人……在遙遠的海邊……這種東西……就是你期望的嗎……為何……不放棄……」

身體脫離自身的意識，被強行擠出答案。即使我試圖像在列車車頂上一樣沖刷魔術迴路，亞德也不在手邊。

「回答啊，伊肯達……妳這麼說。」

回答到此處，我終於脫離咒縛。

她的命令結束了。

「嗯，我應該察覺的。妳是某種巫女嗎？看來妳似乎特別擅長附身。」

赫費斯提翁的聲音宛如冰與鐵在互相摩擦。若是怯懦的人，或許光是聽到就會主動放棄生命。自嗓音深處滲出的敵意，散發如此猛烈的劇毒。

「但我說過無意在這裡動手。馬其頓的戰士絕不可違背約定。」

她這麼說著，緩緩地站起身。

赫費斯提翁掉頭離去。

就連皮革接觸岩地的摩擦聲，都有如利刃。像打火石般的味道竄入鼻腔。

「妳恢復行動能力以後就離開吧。雖然我不知道還追不追得上那輛列車。」

那道身影隨著腳步聲消失了。

再經過數十秒左右，壓迫感才漸漸從身上散去。我按捺住到現在仍舊快要發抖的身體，又過了幾分鐘後強行站起來。雖然很想盡情睡個飽，那樣的話就不可能與老師會合了。

當我走出山洞，地形已經徹底改變。

原本被冰雪充斥的魔性土地簡直像假的一樣消失無蹤，取而代之迎接我的是一如往常鬱鬱蒼蒼的樹林。雖然日頭還很高，但樹林裡光線昏暗，我不可能知道魔眼蒐集列車的行駛方向。

「怎麼辦才好……」

我緊抓住胸口。

這個動作，讓指尖觸及斗篷內的一樣物品。

*

「成功通過了嗎……」

車掌癱坐在駕駛座上，緩緩地呼出一口氣。

認識他的人，或許會對於他發出安心嘆息的事實瞠目結舌。因為他正是比起齒輪更加正確，為了列車運行奉獻一切的存在。

「我想過萬一腑海林的本體出現會怎麼樣……這部分似乎是杞人憂天……」

「實屬萬幸。」

拍賣師也微微頷首。

姑且不論孩子，若腑海林的本體出現，其等級比得上他們消失的主人。唯有這輛魔眼蒐集列車，他們就算犧牲性命也必須保衛。因為被拋下的人，除此之外並無其他使命。

停頓半晌之後，車掌像拔起樹根般慢慢站起。

「雖然耗費了計畫外的時間，暫時等追加的賓客們過來吧。」

換成平時，現在是常客們派使魔等過來的時候。因為就算自己不競標，得知怎樣的人獲得怎樣的魔眼，是在魔術師世界生存的重要消息。

然而，現在的情況是列車好不容易才脫離腑海林之子。雖然有做安排，那些常客魔術師未必能到齊一半。

或許是了解情況，拍賣師也微微點頭。

「好像有一位乘客未從腑海林之子歸來。」

「只損失一個人就收場，應當感謝神的庇佑。雖然我不知道那是他們信奉的存在，抑或是其他存在。」

車掌以肅穆的聲調說道。

那便是這輛魔眼蒐集列車的運行者的結論。

3

「……不愧是魔眼蒐集列車。只要找到靈脈，區區腑海林之子就不構成阻礙嗎？哎呀，有意思！居然能親眼目睹如此令人興奮的場面！」

梅爾文仰望天空，心中充滿感動。

此處是一片草原。

沒有枯萎的紫紅色石楠花，摻雜在冬季依然青翠的各種草葉之間零星綻放。這裡似乎最近經過人工打理，斜坡等地方也有開發過的痕跡，不過也許只是初期開發措施，附近找不到其他人類的氣息或建築物。

列車停在那樣的草原上，白髮青年在運貨車廂車尾舉起小提琴盒，渾身顫抖。

後來，魔眼蒐集列車行駛約十分鐘後停車。如同梅爾文所言，他們似乎判斷腑海林之子不再構成威脅了。

相對的，同樣坐在運貨車廂車尾的卡雷斯坐立不安地多次注視著列車駛來時的軌道。

或許是總算注意到他的樣子，梅爾文也慌忙地回頭。

「啊，不，關於格蕾小姐的事情我當然感到很遺憾！不過，她看來不屈不撓，碰到一兩次雪崩應該會活下來的！雖然要會合可能有困難！」

「不必找藉口。我明白梅爾文先生只是深具魔術師特色。」

卡雷斯嘆了口氣。

到目前為止的交流讓他大致發現，眼前的青年屬於對他人的失敗感到欣喜的類型。那種特質與艾梅洛II世的義妹萊涅絲——這名義妹的性格似乎是經歷種種派閥鬥爭後形成的——類似。不過，卡雷斯又覺得他的情況有些不同。

比方說，目的與手段。和萊涅絲以欣賞他人的掙扎與苦惱為興趣，用接觸他人作為手段相反，這名青年的目的好像是觀察人類此事本身，結果使得他也喜愛悲劇。

「…………」

卡雷斯花了幾秒鐘揮去那種想像。

此外，插在青年胸前口袋的手帕如薔薇般染紅，是他再度吐血的證據。逃離腑海林之子後，他服用造血藥蹲下一會兒，短短幾分鐘後再度精神抖擻地站起來。

「不過，雖然鐵軌怎麼看都只像是很久以前鋪設的，但列車會迷失靈脈無法行駛，代表這條鐵軌直到剛剛為止都不存在。是剛剛才形成的？還是僅限於魔眼蒐集列車沿著靈脈前進時才自世界背側浮現？唔，非常有趣！如果出版一篇相關論文，媽媽很可能會誇獎我！」

青年俯望鐵軌，感慨地表達想法。

另外，還有幾個形似使魔的影子出入列車，多半是先前伊薇特等人談論的追加受邀賓客。就如她說過的一樣，沒從一開始就過來的魔術師對魔眼拍賣會並不怎麼志在必得，除了梅爾文以外的人好像只派出使魔參加。

絕大多數使魔都被吸進卡雷斯不曾踏入的魔眼蒐集列車第三節車廂，那裡似乎是供使魔們待命之處。

「……魔眼拍賣會在晚間舉行嗎？」

汽笛隨著梅爾文的低語響起。

「讓各位久等多時。指定時刻已到，列車即將發車。」

當廣播傳來，火車頭的煙囪同時冒出黑煙。

列車緩緩開動，逐漸加快速度。實際上，那絕非純粹的蒸汽機關，多半是運用了魔術與神祕的動力，看著逐漸遠去的風景，卡雷斯忍不住面露苦澀。

「格蕾小姐……」

連那聲呼喚都隨著列車行進流走，漸漸粉碎。

列車拋棄所有感情與祈禱，只是漸漸加速。

就在下一個瞬間。

「來了！」

他臉上迸出光彩。

山坡上的少女一路飛奔過來，滑過地面追趕開動的魔眼蒐集列車。

*

我也認識到魔眼蒐集列車開動了。

為了避免風阻，我壓低「強化」到極限的身體。也許是冰雪林消失的影響，「強化」效果遠比先前運作順暢，但我也計算出來，照這樣下去會追趕不上。

所以——

（……這次非得成功！）

「亞德！解除第一階段限定應用！」

我在奔跑中解放亞德。

新的限定形態是「大盾」。我像坐雪橇般搭乘上去，從大盾正面一口氣釋放火焰。我心中向被魔力之焰燒光的草原道歉，同時面對猛烈的加速用力縮起身體。

我飛上半空。

大盾描繪出拋物線，從運貨車廂側面衝向列車。

「格蕾小姐！」

卡雷斯詠唱某種咒文。

在撞擊即將發生前，強勁的風從側面朝我吹來，下一瞬間我劇烈地撞上列車。即使如此我也沒喪失意識。卡雷斯臨時行使的風魔術，似乎幫忙卸除了幾分衝擊。

我掛在運貨車廂的車壁上，無力地低頭道謝。

「謝……謝謝。」

「哈哈，太好了……」

卡雷斯也倚靠著鐵柵欄，露齒一笑亮出白牙。

「太好了……妳趕上了……」

「……是的，我趕上了。」

我將化為大盾的亞德恢復本來的封印形態收回固定裝置，小心翼翼地沿著車壁移動到卡雷斯他們等候的車尾通道處。然後，我對嘴巴正開開合合的另一個人投以淡淡的微笑。

「梅爾文先生。」

「……喔……喔喔，格蕾小姐。真虧妳平安無事。不如說，真虧妳知道這輛列車的位置……」

在一臉茫然的青年面前，我手伸進懷中。

看見我掏出的皺巴巴紙片，他們兩個瞪大雙眼。

「這個……是梅爾文先生的邀請函。不好意思，忘了還給你。」

邀請函發出朦朧的光芒。

是那道光芒指示了列車的位置，這多半是為中途上車的受邀賓客們設計的嚮導功能。

在昏迷的梅爾文身上碰巧發現的邀請函，從那個山洞起一直引導著我。

「哈哈，真幸運。」

梅爾文搔了搔太陽穴附近說道。

此時，我也終於忍不住開口：

「請問，老師的情況如何！」

當我慌張地逼近發問，卡雷斯勸慰道：

「老師他沒事。離開方才的冰雪林後，他的傷勢馬上變得很穩定。雖然尚未清醒，照這個樣子很快就會好起來的。」

「這樣嗎……」

我霎時間失去力氣直接癱坐在地。從那個山洞到這裡的路上，我一直保持「強化」狀態持續奔跑，在卸下緊張感的同時，體能似乎也到達極限。與其說是單純的疲勞，我感覺身體更核心的部分簡直像被抽掉了骨頭一般。

「咿嘻嘻嘻！怎麼，腳軟啦！話說妳狠操我就算了，還搭乘盾牌滑行可就太過分了吧，妳差不多也該懂得怎麼對待匣子——」

「嗯，什麼聲音？」

「……沒……沒什麼。」

我對不解的梅爾文搖搖頭，偷偷揮動右手。至於那聲悶沉的慘叫就當作沒聽見。只是我依然渾身脫力，似乎還需要一點時間才站得起來。

溫暖的指尖觸碰我的手。

「歡迎回來。」

卡雷斯拉我起身。

「……嗯，我回來了。」

「我們過去看看老師的情況吧。」

「好的。」

我老實地搭上少年的肩膀。

當我們緩緩地朝運貨車廂走去，新的氣息自黑暗中出現。

「啊，幸好我感覺好像又有人上車，為了慎重起見過來看看。」

身穿鮮亮民族服裝的女子開口。

她富含光澤的黑髮宛如梳齊的夜色，嘴唇抹著淡淡朱紅。優雅的行走姿態秀質楚楚，卻沒發出一點聲響。那凜然的身姿，此刻比起魔術與神祕更加可怕。

化野菱理僅僅優美的微笑著。

「請問妳有何貴幹？」

「我請大家到休息室車廂集合了。」

女子的口氣簡直像在約人一起喝杯茶。

可是，此人不可能提出那種邀約。

「……怎麼回事？妳有什麼打算？」

「這也無可奈何。雖然不合我的秉性，但平常負責的人好像正在睡懶覺，只得由我來扮演偵探了。」

法政科的魔術師化野菱理揚起嘴角嫣然一笑，如此宣言。

「大家若不齊聚一堂，就沒辦法查明凶手。」

4

我們似乎是最後到場的。

伊薇特．L．雷曼——魔眼少女。
卡拉博．佛藍普頓——聖堂教會的神父。
奧嘉瑪麗．艾斯米雷特．艾寧姆斯菲亞——天體科的繼承人。
梅爾文．韋恩斯——調律師。
約翰馬里奧．史琵涅拉——前電視台的魔術師。
化野菱理——法政科的魔術師。

接著是魔眼蒐集列車的主要工作人員。

車掌羅丹。
拍賣師雷安德拉。

包含我在內總共九人。從這些人當中扣掉梅爾文，加上已故的特麗莎、老師與卡雷斯，便是一開始搭乘魔眼蒐集列車時的成員。

（…………）

室內鋪設的地毯太過柔軟，踩下去彷彿會直沒至腳踝。並排擺放的桌子上還備有別緻的烘焙點心與紅茶，我事到如今才發覺現在還是下午時段。一方面是短暫昏迷的影響，我的感覺完全亂了步調。從今天早晨起短短半天內發生的事，是一段經過大幅濃縮的時間。

有人在其中一張桌邊揮動白皙的手。

「歡迎回來，小格蕾！」

伊薇特動作大到連鮮艷得刺眼的粉紅雙馬尾都左右搖晃，朝我呼喚。

「我就想著妳一定會回來！」

「……喔，但是妳說過『老師的寄宿弟子，會不會因為缺人而空出名額？』這種話吧。」

「我……我才沒說……啊，神父先生！」

伊薇特轉頭望向坐在隔壁的卡拉博，渾身僵住。沒想到這位拘謹嚴肅的神父會開玩笑，我也不禁眨眨眼。這讓我發現雖然短短不到一小時，也曾同生共死之人意外的一面。

伊薇特對著清喉嚨的神父嘻嘻發笑後，重新與我攀談。

「可是，真虧妳能從那場雪崩脫險。」

「我得到……一點幸運的幫助……」

被英靈搭救這種事實在不好開口。再加上若說出對方是昨天搏命廝殺的敵手，靠我拙劣的溝通能力，花費一整晚解釋可能都不夠。

神父跟著轉動眼眸問我。

「另一名艾梅洛的弟子怎麼了？」

「卡雷斯正在照顧老師。他告訴我，由我過來出席比較好。」

前來此處的途中，我們去過客車廂房間一趟。老師如卡雷斯所言尚未清醒，但臉色已經好轉許多。僅僅是這樣，不知讓我感到多麼安心。想到在那座冰雪林裡的奮戰沒有白費，我不知有多麼欣喜。

「非常感謝你在腑海林之子的幫助。」

「如同一開始說過的，我是為了自己才提議，無須道謝……不過，希望妳的老師早日康復。」

「謝謝。」

我向神父致謝後回過頭。

在休息室車廂裡，還有另一個我必須交談的對象。

我做個深呼吸以後走向她。

「奧嘉瑪麗……小姐……？」

「…………」

銀髮少女並未抬頭。

她一直低著頭，腳邊放著旅行包大小的箱子。儘管那個箱子奇妙地勾起我的興趣，此刻我更在意她。

「奧嘉瑪麗小姐。」

「誰管妳。別找我說話。」

少女撇開頭這麼說。我無法更進一步深入探詢，在猶豫之際，她又補上一句話。

「……你的老師情況如何？」

「託妳的福，情況很穩定。卡雷斯正在照顧他。」

我說出與剛才和卡拉博交談時大致相同的內容。

老師和他們的互動明明不算多，他們卻不可思議地擔心他，是出於那個人獨特的特質嗎？我覺得正因為老師是那樣的人，我現在才沒有倒下。為了自己堅持不懈很困難，不過若能給予那個滿臉不悅的人一點助力——如果可以傲慢地這麼想，我覺得自己還能再堅持一會兒。

「是嗎？」

奧嘉瑪麗輕聲說道。

雖然對話到此中斷，我並不覺得不愉快。因為我領會到，少女絕非對我——對老師不屑一顧。

我還想詢問關於她腳邊的箱子，但異變早一步發生。

話語聲從方才那張桌子旁傳來。

「那麼，妳找大家過來有什麼事，法政科？」

當卡拉博拋出話頭，菱理意會地一拍手掌。

「還沒告訴各位呢。由於某人似乎正在睡懶覺——我打算扮演偵探。對於魔眼蒐集列車而言，在拍賣會前將案件全部解決應該也比較有益。」

「……這樣嗎？」

黑色肌膚的神父聲調突然變得冷淡，從椅子上站起身。

「怎麼了？」

「我回去了。」

卡拉博簡短地回答。

「我也一樣。」

伊薇特也站起來。

「哎呀，連妳都要走？」

「那還用說？無論妳的推理正確與否、我們是否當真是凶手都無關緊要。反正魔術師互相殘殺是家常便飯，直到拍賣會前都在房間裡閉門不出還更好。」

「……我也贊同。更加上我屬於聖堂教會，行動沒有理由受法政科限制。」

他們兩人的台詞完全符合魔術師特色，完全符合代行者特色。

真相或人命都沒有多少分量。隨時都可能下手殺人或命喪他人之手。正因如此，他們表示避開多餘的風險是當然的舉動。既然身為魔術師，沒有任何人說得出否定他們的話。

但是——

「……我覺得很棒！推理劇！」

梅爾文舉手開口。

集魔術師們及魔眼蒐集列車工作人員雙方的注目於一身，和我一起來到休息室車廂的白化症青年堂堂地挺起胸膛。

「我支持妳的推理。推理劇很好啊！別說一次，這讓人想嘗試體驗兩三次耶！」

「梅爾文・韋恩斯……特蘭貝利奧的調律師。」

奧嘉瑪麗重新呢喃。

至於特蘭貝利奧，也是我略有耳聞的名字。我記得那是伊薇特提過的三大貴族。與巴爾耶雷塔及巴露忒梅蘿齊名，在鐘塔也是名門中的名門。

或許是那個名號的威力，伊薇特也支支吾吾起來。

（……啊。）

我大約明白老師不談論這位友人的理由了。

總而言之，梅爾文會站在有趣的事物那一邊。只要其中有樂趣，就算是潘朵拉的盒子也會毫不遲疑地打開，我從青年身上窺見這樣的性情。非常清楚自身家名具有的意義及效果，在此一前提之上言行舉止輕鬆隨意，便是這名青年的作風吧。

連帶地，車掌也走上前。

「魔眼蒐集列車在這件事上也決定支持菱理小姐。雖然對各位乘客深感抱歉，請大家配合一段時間。」

和第一次遇見時一樣，從車掌的表情看不出任何情緒。他並非面無表情，而是好像打從一開始就沒擁有過那種東西──一張與魔術師的淡漠都相距甚遠的面容。

當我們在冰雪林裡戰鬥時，菱理就已好事前疏通工作嗎？

「……我知道了。」

「…………」

伊薇特和卡拉博認命地坐回原位。既然有法政科與三大貴族的分家，再加上魔眼蒐集列車作保證，他們似乎認為繼續反抗是白費力氣。

確認所有人都坐了回去以後──

「──很好。」

菱理嬌艷如花地一鞠躬。

「關於這次的案件，我想從法政科的立場進言。」

「嘿，名偵探！」

梅爾文刻意地鼓掌。

試著想想，他是唯一後來加入的參加者，在這齣推理劇中也不會有所損失，因此那是極其任性的行為吧。

「首先，我想提供一些作為前提條件的訊息。」

菱理微笑著說。

白皙的頸項在來自車窗的陽光下搖曳，她的影子也跟著搖晃。

同時，在場所有人說不定都有種不好的感覺。這名宛若美麗的蛇的女子正在誘導一切的感覺。

「方才，我的使魔從鐘塔回來了。」

「使魔？」

當梅爾文反問，菱理向他微微點頭。

「沒錯，我請法政科提供了七年前案件的相關訊息。」

「喂喂！妳說過法政科的管理沒鬆懈到可以輕易閱覽自身職責範圍外訊息的程度吧！

那番話算什麼！」

發言的人是約翰馬里奧・史琵涅拉。

電視媒體的魔術師仍然用誇張的動作發出抗議，而菱理若無其事地回答：

「的確無法輕易做到，不過有你提過的關聯就足夠了。」

「……！說得那麼自私。」

「咦～七年前？這是怎麼回事？」

梅爾文跟著興致十足地探出頭。在眾人之中，似乎唯有奇妙的調律師不畏懼法政科的名頭。

「好的。可以給我一點時間進行說明嗎？」

菱理緩緩動腦思考同時詢問。

事情不妙了，我心想。然而我無法好好地說出來，法政科之女已繼續道：

「七年前，曾發生過同樣手法的連環凶殺案。當時發現了幾具頭部被人取走的屍體。」

那句話令我瞬間血液凍結。就連在魔術師之間也那麼淒慘的無頭屍體，看在一般人眼中會有多麼殘酷？

嗯～梅爾文對此沉吟著歪歪頭。

「可是若發生過那種案子，我很可能有印象。」

「因為我們法政科控制了消息。」

菱理抬起高雅的民族服裝衣袖，乾脆地坦承。

控制消息。從法政科角度來看，那才是他們的正業吧。正確地執行隱匿神祕這項鐘塔第一使命的第一原則執行局。

「……那不是我的台詞嗎？」

沒理會不滿地噘嘴的約翰馬里奧，女魔術師又往下說。

「不過根據現在調查到的消息，我還知道了另一件事。」

「嗯嗯。另一件事？」

「另一個組織也介入過這個案子。那就是聖堂教會。」

「───！」

列車內一瞬間浮現慌張的氣息。

有所反應的當然是卡拉博。菱理形似濕潤黑曜石的雙眸緩緩看過去，向黑色肌膚的老人攀談。

「當時的搜查官……卡拉博．佛藍普頓，是你吧？」

「……正是如此。」

卡拉博簡短地承認，嘴唇微微顫抖。甚至連奔馳穿越腑海林之子時都看不到的慌張，此刻抓住了聖堂教會的老人。

「為何你至今都沒說出來？」

「不必要地洩漏過去案件的訊息違反保密義務。這是當然之事吧。」

黑色肌膚的神父以緊繃的聲音說道。

然而，所有人都不可能接受這種說法。菱理一派理所當然地繼續發問。

「只是這樣嗎？」

「…………」

菱理注視著沉默的卡拉博……

「讓我再繼續說明一下。」

然後如此說道。

她穿過休息室車廂的桌子之間，目光落在一處。大約幾秒鐘後，我發覺若是在客車廂，那附近正好是特麗莎死亡的位置。

「即使有卡拉博先生的過去視，也看不見這次案件的犯案現場。即使特麗莎小姐有未來視，但無法保護自己。總之，這代表從過去或未來都看不見犯案的那一瞬間。」

菱理如歌唱般地說道，舉起雙手。

一邊的手指從上方往下拉，另一邊的手指由下方往上抬。那是象徵來自過去與未來的視線嗎？當兩根手指交會於一點停下以後，她繼續說道。

「那麼，答案很簡單。非常單純——案發現場不在『那裡』。」

「啊……！」

那句話令伊薇特一拍掌心。

「這樣啊。原來如此。說得也對。」

「真不愧是魔眼專家（Specialist），看來很快就理解了。過去視和未來視終歸只是超越時間軸之物。既然如此，不管再怎麼試圖去看，只要不在案件『現場』就『看不見』。這是理所當然的。若是兼具遠眺能力的千里眼另當別論，但並非如此吧？」

我愕然地瞪大雙眼。

周遭的魔術師們好像也正在反芻、檢驗她的推論。即使能從特定方向透視時間軸，也無法超越空間。他們思考著在那種情況下，會發生怎樣的現象。

唯有梅爾文獨自悠哉地撫摸下巴點點頭。

「唔。那麼，妳說究竟是誰殺了特麗莎小姐？」

「是的，問題在於這一點。」

對於這個合理的問題，菱理的目光悄悄移動。

「那麼，在此請另一名證人登場——奧嘉瑪麗小姐。」

少女肩頭一顫。

當女子的聲音響起，至今保持沉默的天體科繼承人按捺住低沉的呻吟。

「給大家看看那個。」

那道指令，讓垂下頭的少女咬住顫抖的嘴唇，就像在為恐懼感到羞愧。她做了好幾次深呼吸，手指伸向放在腳邊的旅行包尺寸箱子。

最初從箱內露出的是長長的金髮。

當然，那並非能裝進整個人的巨大箱子。不過在金髮之後，額頭、眉毛、合起的眼眸與鼻子相繼出現，展露一張熟悉的面容。

只有面容。

「特麗莎小姐的……」

我發出呻吟，菱理緩緩頷首。

「是的。這是先前遺失的特麗莎・費羅茲的頭顱。」

*

在所有人注目之下，菱理優雅地拿起頭顱。

法政科的女魔術師宛如想得到預言者首級的妖女莎樂美，美得驚人。

「……這是怎麼回事？」

當卡拉博沙啞地問，女子沉著地回答。

「她的頭顱被虛數魔術的術式隱藏起來。多半是特麗莎・費羅茲親自封印的。」

「特麗莎自己藏起自己的頭顱？」

我一頭霧水。

怎麼樣才有可能發生那種情況？

應該在特麗莎死後被人奪走的頭顱，是特麗莎本身藏匿的。這樣的話，砍下她頭顱的人是誰？不，怎麼做才能藏起自己的頭顱？姑且不論戲法的斷頭表演，那不是真正的人頭嗎？

事情太過無法理解，我只能愣住不動，菱理緩緩地繼續道。

「特麗莎．費羅茲多半領悟到自己將身首異處而死。她事先在頭顱應該會掉落之處製造了虛空的口袋。」

菱理的發言實在太過荒誕無稽，卻無法全盤否定。無法插話質疑，問她「這也太奇怪了」。我感覺到她的話語底下有某些真相。無從壓抑的不安柔軟地包覆我的心臟。

卡拉博看過屍體發現現場時，如此說道。

——「身首分離前後的狀況很模糊，看不清楚。」

反過來說，他看得見特麗莎走入這個房間時的情況等等吧。

可是，掉落的頭顱直接消失了。所以卡拉博才誤解成狀況模糊，看不清楚嗎？不，那樣一來他不是應該看見凶手的樣貌嗎？

沒理會陷入混亂中的我，約翰馬里奧不解地說：

「嗯，這是怎麼回事？妳說特麗莎領悟到自己會死……」

「是未來視吧。」

伊薇特再度插嘴。

「雖然不清楚準確的時機——搞不好是剛坐上椅子之後——她看見了自己身首分離而死的未來。所以，她有必要做最低限度能做到的事。我猜那個在虛空製造口袋的魔術，長度大概是一小節(One Count)左右吧？」

「……是的。」

奧嘉瑪麗點點頭。

她銀色的美麗髮絲悲慘地搖曳著。

「對特麗莎而言，那種魔術相當於輕微的心靈感應。」

「真教人羨慕。畢竟魔術屬性無法更換嘛。」

伊薇特伸伸懶腰，噘嘴說道。我記得老師從前也說過類似的話。依存於個人的魔術屬性，基本上即使用強大的神祕都無法干涉。正因為如此，像上一代艾梅洛閣下那樣的二重屬性才受到重視云云。

於是，化野菱理再度開口。

「啊，對了。奧嘉瑪麗小姐從虛空口袋取出特麗莎小姐的頭顱時，頭顱尚未徹底死亡。畢竟時間在虛數魔術的術式內是靜止的。沒錯，可以說她在沒時間寫下一個字的情況下，選擇了最佳的死前留言。各位認為她以喉頭剩下的最後吐息，用那短短的一個單字留下了什麼話？」

休息室車廂內理所當然地並未響起這個問題的回答，她笑了。

「她呢喃著——卡拉博。」

這是太過決定性的一句話。

唰！硬質的緊張感在魔術師之間盤旋。只要詠唱一句咒文——不，怪物們的敵意強烈到視情況而定，甚至不需咒文便足以殺人。

法政科的女魔術師彷彿揮舞著指揮棒（Takt）般操縱言語。

「卡拉博·佛藍普頓。」

她再度呼喚其名。

「你的眼睛，是測定的過去視——不，雖然沒有嚴密的區分，是偏向測定的過去視不是嗎？」

卡拉博赫然按住一邊眼睛。

預測和測定。卡雷斯談論過這個部分。未來視和過去視兩者皆有預測和測定兩種種類，前者是普通的人類想像力的延伸，後者是以自己的行動固定時空軸的異能。

「我們常說，對過去視而言通常沒有預測和測定之分。因為過去與未來不同，無法改變，無論用什麼方式看見過去都無關緊要。可是，那終歸是指通常情況──對了，昨天有人提及直死魔眼吧。據說那是將死亡同等地強加於看見之物的『彩虹』位階的魔眼。」

她半途突然改變話題。

直死魔眼。奧嘉瑪麗在魔眼拍賣會前的說明中提過的東西。如果當時的說明正確，那是甚至超越「黃金」與「寶石」，位居頂點的「彩虹」位階魔眼。

「我不曾拜見過那種魔眼，不過略加想像的話，可以推測那是怎樣的事物。沒錯，那想必是終極的未來視。至少是觀看那種命運力的能力之一。」

「……妳說叫直死魔眼的玩意兒，是終極的……未來視？」

對於卡拉博的呻吟，菱理頷首。

「是這樣對吧。任何人都遲早會死。所有事物皆不完美，所以暗藏想被徹底摧毀後從頭重建的願望。若能看見那個終點並拉到現在，不稱作終極的未來視又該怎麼稱呼。」

「…………」

我稍微聽懂了菱理的話。

因為不完美而想從頭重建。希望乾脆毀壞。與其等待不可捉摸的未來終有一天迎來結束，乾脆現在就勒住我的脖子。每個人想必都動過這種念頭。極其樸實又陰暗的願望。正因為很樸實，我不可思議地接受了那是一種盡頭的說明。

「那麼反過來看亦是真理。任何人都遲早會誕生。由於被迫不完美地誕生，所以憤怒地認為生命從一開始就錯了。既然能看見那個開端並使之浮現於現在，不稱作終極的過去視又該怎麼稱呼。啊，在那種魔眼看來，世界也許像泡沫一般。」

（……泡沫？）

「這該不會是指時空泡沫？」

梅爾文插話道。

「你知道嗎？」

「我所知的只是科學上的概念。意指在極小尺度下，物體形似泡沫的集合體。雖然他看見的大概並非科學上正確的成像，妳是想說相近的概念嗎？」

「大致上如你所言。」

菱理同意道。

我感到一股刺激感自喉嚨深處湧上。

世界看起來像泡沫。不知怎地，我覺得那句話十分危險。無論是人、野獸、樹木、魚、花、土壤、岩石、水、光線，那一切看起來統統像泡沫是怎樣的心情？被迫認識到所有的一切都相同並過著生活，是怎樣的人生？

那豈非會讓人想壓碎自己的眼球嗎？

「……啊，很遺憾的是，不同於傳聞中的直死魔眼，這次的魔眼並未抵達那個盡頭吧。沒達到看見終結的程度，沒達到看見開端的程度。頂多在特定時機認知並喚起事先設定的過去現象——是那樣的魔眼吧？」

菱理的話語越客氣有禮，越讓我害怕。

彷彿她正以小刀刀尖貼著後頸劃過。刀上淬了毒，明明不留一點傷痕也幾乎腐蝕我直至核心。

「測定的未來視，會導致未來確定為所見的情況。」

她宛如歌唱般說道。

「那麼，測定的過去視會導致過去確定為所見的情況乃是當然。沒錯，若事物的終結為『死(停止)』，事物的開端是『生(啟動)』才自然。那種魔眼會使過去的事實在現代復甦。」

啊，化野菱理簡直像推理小說的偵探般逐一仔細地條列要點。逐步曝露。逐步切割。

她是這樣的人，我心想。

從第一次在剝離城阿德拉相遇時開始，她便是這樣的人。我會遺忘至今簡直像假的一樣，我找回對化野菱理的第一印象。

法政科。統率魔術師的魔術師。

「……意思是說，那是重現過去發生之事的魔眼？」

伊薇特開口。

如同在等人這樣發問一般，菱理點點頭。

「是的。可以從過去重現的行動多半受到限制。這次的情況，則是在特定時機重現事先記錄的斬擊——也許是這樣的用途。對了，例如像這樣做。」

菱理隨意拿起桌上的小刀與蘋果。

首先，她將小刀上下移動。

「像這樣記錄並留存斬擊。」

然後，她把蘋果移動到同一個位置。

菱理像剛才一樣揮動小刀，劃傷蘋果表皮。

「接著，只要魔眼持有者進行觀測，隨時都能按照已記錄的斬擊切斷對方。我說的魔眼就是那種用途——吶，那個人不是你嗎？」

此時，她再度轉頭面對老人。

「不是你嗎，卡拉博·佛藍普頓？」

「……妳說是我做的？」

黑色肌膚的老人像瘧疾發作般顫抖著。在女魔術師與老人之間，似乎有不吉的詛咒發出嘲笑。

「在這個情況下，魔眼蒐集列車對你而言是個很方便利用的機關吧。畢竟列車沿著鐵軌前進。」

她移動食指。

那個動作好像沿著軌道劃過。小刀在半途中飛掠而出，切斷軌道的幻影。

「只要事先在休息室車廂劃過虛空，特麗莎的頭顱遲早會來到那個座標。要檢查椅子擺放在房間什麼位置輕而易舉。就算把切割範圍放大一點也無所謂。」

她拿起剛才的蘋果，放在小刀掠過的位置。

「因為特麗莎的屍體被發現時，列車在森林停車，卡拉博先生也外出了。只要從車窗外瞄一眼就夠了。接著虛空被你認知的過去牽引過來，再度遭到撕裂，這次連同特麗莎・費羅茲的頸子一起。於是，特麗莎・費羅茲的頭顱隨著她本人的虛數魔術被封印在次元口袋內。」

「…………」

她用小刀切開蘋果。

寂靜的沉默降臨。眾人好像正在重新驗證萎理的說法。既然是魔術師下手，本來便沒有不可能發生的犯罪行為。即使如此，哪怕對於聚集於此地的魔術師們來說，她的說詞也太過離奇，難以立刻接受。

約翰馬里奧搔搔腦袋開口：

「喂喂，等一下。這代表七年前的連環凶殺案也是……？」

幾道目光匯聚到老人身上。

七年前的連環凶殺案。菱理的發言建立在那起數名受害者失去頭部，聖堂教會派卡拉博擔任調查員的案子上這一點，不管由誰來看都一目了然。

明明是這樣，她卻刻意地搖搖頭。

「我並非斷定你是七年前的殺人魔以及這次的凶手。我的確沒有那種證據。不過相關狀況如此齊全，也足以構成我們採取一定措施的理由了，不是嗎？」

她美麗的微笑此刻蘊含令人畏懼的意味。

「可以告訴我嗎？若是你──若是你的魔眼，連砍下頭顱許久之後再強加結果的行徑都辦得到，不是嗎？」

「那種事情，我的過去視──」

正當驚慌不堪的卡拉博準備說什麼的時候。

「……希望你們等一下。」

一道聲音響起。

休息室車廂的門打開了。

宛如從黑暗深處浮現般，車輪首先嘎吱作響地輾過地毯，接著出現的是高級皮鞋，坐在輪椅上的人影憂鬱地環顧房間。推輪椅的人是戴眼鏡的捲髮少年——卡雷斯・佛爾韋奇，至於輪椅上的人是誰無須再問。

「老師——！」

「韋佛！」

就連一直愉快地旁觀的梅爾文都站起身。

「你終於醒了，艾梅洛閣下II世？」

萎理瞇起眼眸，從老師頭部一路看到輪椅。

相對的，老師僅僅推了推眼鏡。

「我出了一點意外。由於還不能正常走路，我託弟子請魔眼蒐集列車的工作人員準備了輪椅……雖然我沒料到連梅爾文都來了。」

「不！摯友面臨危機當然得趕來了！」

「多管閒事。話說稱呼我們是摯友的人只有你而已。」

「朋友並非靠彼此簽訂契約來決定的東西吧！而是心靈的交流！潛意識的承認！我們不是應該更加互相敞開心房打成一片嗎！啊，順便來個擁抱也行喔！」

「好了，閉嘴。」

老師唾棄似的說道。

從他微微紊亂的呼吸來判斷，應該才剛恢復意識。實際上，我也連作夢都沒想過老師會在這個時機出現。坐輪椅前來更是遠遠超乎想像範圍。

我不禁站起來奔向他。

唯獨這一瞬間，案件或其他事情都顯得很遙遠。

「老師，你的身體——」

「沒問題，當然沒問題了。如果還不方便行動，我可不會特地出來。」

看到我衝過來，老師從兜帽上摸摸我的頭。平常態度冷淡的老師展現那樣的溫柔，這更讓我感到痛苦與憂愁。

「情況我問過卡雷斯了。發生了很多事啊。」

「……是的。」

我點點頭。

我必須非常努力才能忍住不讓淚水流下。我明白艱辛的人不是自己，心中卻沒有能夠好好表達想法的話語。

「真的……真的發生了很多事。不過，老師遠比我更加……」

語言是多麼無力啊。不，我是多麼無用啊。

如果更認真準備就好了。我知道老師的情況好轉，應該為了見面的時刻預先準備才對。空轉的思緒無法形成任何話語。明明想過等老師醒來後要跟他說話，喉嚨深處卻淨是發出嗚咽。

「哈哈，居然出現了使役者。」

老師以周遭聽不見的音量說道，揚起嘴角。

他的苦笑透出疼痛。那絕非僅限於肉體的痛楚。與自稱為赫費斯提翁的女英靈之間的接觸，帶給老師的精神非同小可的痛苦。

「不僅如此，還有腑海林之子、虛數魔術與過去視的盡頭？這短短半天也塞進太多事了。」

「──哎呀，你是從哪裡開始聽到的？」

菱理歪歪頭問道。

「我是從『虛空被你認知的過去牽引過來，再度遭到撕裂』開始聽的。不過光是聽到那句話，已能推測大致內容……格蕾，關於那名使役者的事稍後再談。」

老師最後這麼耳語，緩緩地推動輪椅車輪。

他迎面直視菱理，豎起三根手指。

「菱理小姐。剛才妳的論述當中大約有三個問題。」

「你吊人胃口地這麼晚才起床，不過馬上就要發表名推理了？」

「第一點，卡拉博先生的魔眼是否有那種能力。第二點，假設有那種能力，其他魔術師未必無法殺害特麗莎小姐。」

老師不在乎菱理的話語，接連不斷地說道。

「第三點，方才的推理中缺乏動機吧。」

他發出質問。

「卡拉博·佛藍普頓完全沒有合理的理由殺害特麗莎·費羅茲。要把他人逼到無可逃避的地步，這個設想實在太不完整了不是嗎？」

「原來如此，你最擅長的Whydunit嗎？」

菱理點個頭，加深臉上的笑意。

「正如你所言，我絲毫不清楚理由為何。其他魔術師說不定也辦得到類似的事情。不過，特麗莎的死前留言要怎麼解釋？再說，我們本來就不遵守現代社會的法律，也不是受國家管理的警察。毫無必要基於法律的罪疑惟輕原則（In dubio pro reo）行動。」

菱理呢喃的，是羅馬法時代留下的拉丁語嗎？她乾脆地宣言不需要那種東西。而在這輛列車上，她的話才是事實。

然後，她一拍手掌。

「啊，如果無論如何都需要理由，過去視的魔眼導致他將自身和殺人魔同化這個說法如何？在關注七年前凶殺案的過程中，他把自己與殺人魔混淆了之類的。如果漸漸變得無法控制魔眼，這種事很可能發生不是嗎？」

「……妳是認真的嗎？」

「是認真的就可以嗎？不管認真地說還是戲言都相差無幾吧，因為我們是魔術師。」

菱理聳聳肩搖頭回答。

我不清楚她是開玩笑還是認真的。我總覺得在鐘塔的歷史上，也許意外地有這種例子。那會不會是某種類似於小說《化身博士》的存在，刻劃於鐘塔寫下的歷史上？

「作為鐘塔的魔術師，材料如此齊全，不是足以當作暫時限制卡拉博先生行動的理由了嗎？」

她重新說道，瞥了神父一眼。

「而且若是關於能力的問題，請人作證即可。」

「……我說了，我辦不到那種事。」

卡拉擠出聲音說道。

「啊，你說你辦不到？那也無妨。」

菱理仍然露出令人恐懼的笑容。

「卡拉博先生的魔眼將在拍賣會上展出吧。那麼，魔眼蒐集列車的人員應該會說明那對魔眼具有多少功能。」

「——沒錯，那對魔眼有能力實現。」

聲音突然響起。

不，那並非聲音。嚴格來說甚至並非意念。

簡直像是概念本身突然傳遍我們的大腦。

薔薇之女與那個概念以同樣的方式出現。他們稱作魔眼蒐集列車代理經理——我見過好幾次的女子。

唯獨這一次，認知到她的身影的人似乎不只我一個。

聚集在休息室車廂內的魔術師們人人屏住呼吸，關注著她。

「由於規定時刻已至，我在拍賣會前過來收取魔眼。」

「規定……時刻……？」

「工作人員應該通知過您，在拍賣會開始的半天前會為您摘除魔眼。」

為了拍賣會摘除魔眼。

偏偏在這個時機——不，那麼講也不對。正因為是這個時機，菱理才會做出公開推理這種行為。

（正好相反……）

察覺的事實令我為之戰慄。

菱理當然也明白，證據沒有完整到足以說服周遭的魔術師們。姑且不論特麗莎的死前留言與卡拉博在七年前發生案件時在場一事，偶然同車的魔術師們不可能全體接受她擅自假定過去視具有什麼能力的手法。

可是，無論有多麼離奇或荒誕無稽，她都篤定魔眼蒐集列車會證實自己的推理。按照正常的步驟，不可能集齊證人與證據再逼得凶手無法逃避，那是在此處與是魔術師才能實現的逆轉手段。顛倒的偵探。

不對。

她從一開始就無意當什麼偵探。對她來說，這並非一齣推理劇。

而是政治劇。化野菱理處理這起案件的方式，如同處理盤旋於鐘塔的種種權力鬥爭。

她向魔術師們暗示，這便是法政科的做法。

卡拉博踉蹌地退後幾步。

「可……可是，等等！現在還……」

彷彿被吸引過去的薔薇之女，侵入企圖反抗的老人懷中。在腑海林之子曾展現那般精湛搏鬥術的老人會如此輕易地容許他人接近，是因為他不尋常地心神激盪？或者是薔薇之女擁有卓越的神祕之故？

女子的手指沉進卡拉博的半張臉中。

動作簡直像沉入泥巴裡一樣，自然到異常的程度。操作時連一滴血都沒流，說不定是某種類似心靈手術的技術。她的食指、中指與拇指陷入臉孔直到第二指節，在短短幾秒後噗滋一聲拔出來。也許是同時被奪去意識，卡拉博趴倒在地。

「代理經理。」

拍賣師悄悄遞上填滿溶液的玻璃圓筒。

擔任代理經理的女子一甩手，兩顆眼球撲通一聲落入圓筒內。

在動手術期間，所有人連動也無法動一下。

「魔眼摘除作業到此結束。」

聲音彷彿目睹了神蹟般顫抖著，拍賣師告訴眾人。

她的聲調在顫抖。我們也一樣。目睹某種太過超群的事物時，或許任何人都會產生這種反應。我對於剛剛的手術作為魔術、作為神祕有多麼精湛毫無頭緒，卻也暫停呼吸，連一口氣都吐不出來。

我甚至沒有立刻察覺，代理經理再次消失了。

「我等也能進行移植，但摘除是唯有代理經理才能達成的絕技。正因為如此，那位大人總是在沉睡。一度動手施術以後，她應該又會沉睡一陣子。」

拍賣師告訴我們，撫摸著玻璃圓筒。

她的動作遠比撫摸嬰兒時更為溫柔，遠比觸碰藝術品時更為自豪。

「喔喔……喔喔，太出色了。」

她朝圓筒內的眼球再度揚聲喊道。

純粹的感動。純粹的衝動。彷彿打從心底、打從更深處釋放出的聲音。雖然伊薇特和卡拉博說過魔眼蒐集列車的工作人員未必執著於魔眼，至少唯有這名拍賣師似乎是例外。

她從緊緊包裹的眼罩底下看著什麼？

或者說，那是視覺之外的其他感覺？彷彿聆聽著自筒內傳來的聲音、嗅著自筒內傳來的氣味，她以臉頰摩擦圓筒並繼續道。

「儘管卡拉博先生似乎沒有自覺，這對魔眼達到了『寶石』位階。適合當作我等拍賣會的注目商品（Eye Catcher）。讓理應早已結束的過去之影如泡沫般浮現於現在——就命名為泡影魔眼吧。」

泡影魔眼。

在她告訴眾人那個名稱的同時，這次換成化野菱理回頭。

「看樣子事情暫時解決了。」

她俯望著倒地不起的卡拉博，悄悄地拉近振袖。

「花費各位寶貴的時間，非常抱歉。請繼續享受魔眼蒐集列車舒適的旅程。」

第三章

1

卡拉博被監禁在個人房間裡。

既然法政科與魔眼蒐集列車合作主持局面，事情已無反對的餘地。不，對於卡拉博以外的鐘塔魔術師們而言，說不定還覺得麻煩事迅速結束真是好極了。

他的眼睛包著魔眼蒐集列車提供的綳帶，被戴上腳鐐。那副刑具也經由魔術補強，以防止他逃脫。

我與老師一起佇立在那個房間裡。

老師表示等卡拉博清醒後想與他再交談一會兒，其他人接受了這個提議。他們似乎起碼信任我們不會隨便放走卡拉博，但實際情況不得而知。總之，房間外還有魔眼蒐集列車的工作人員監視著。

老師注視魔眼被奪後陷入昏迷的卡拉博，輕聲嘆息。

「那麼，你為何跟過來？」

「我當然要跟過來！我們是摯友吧！對我說話太冷淡我會哭喔會吐血流血淚淹沒這節車廂，這樣沒關係嗎！」

梅爾文十分煩人地假哭起來，老師乾脆地選擇無視他。

順帶一提，卡雷斯受老師所託陪伴著奧嘉瑪麗。他判斷昨天在特麗莎剛剛身亡後陪著奧嘉瑪麗的少年，也許會比較容易親近她一點。

「……老師的身體真的不要緊嗎？」

「總之，只是像這樣說話沒關係。」

老師微露苦笑，撇撇嘴角。

他的臉色絕不算好。也不可能好。雖說並非打個正著，也準備了防禦術式，但老師以肉身承受了那名使役者的寶具。那股被閃電燒焦的肉味至今仍縈繞在我鼻孔內不肯散去。

然而老師不願吐苦水，那張側臉看得我非常難受。

「……在卡拉博先生清醒前，先整理情況吧。」

老師推推眼鏡開口。

整理情況。將從我們搭乘這輛魔眼蒐集列車前開始發生的太多事情歸檔。列出順序。

例如，被奪走的聖遺物。

例如，留下的邀請函。

例如，特麗莎小姐的死。

例如，使役者的來襲。

例如，腑海林之子的出現與探索。

例如，法政科女魔術師上演的那場幾乎該稱作蹂躪的推理劇。

不過，我思考現在該問的第一個問題是什麼，每說一句停頓一下地發問。

「老師，你真的認為卡拉博先生殺了特麗莎小姐嗎？像菱理小姐他們所說的一樣——用泡影魔眼下手。」

「……確定的只有後半段。」

老師搖搖頭。

「由於魔眼蒐集列車方面將那對魔眼命名為泡影魔眼，斷言這次的犯行有可能實行，所以那個部分是真相吧。然而，有可能與已經實行的差距很大。儘管菱理小姐強行將此處聯結起來，她本人應該十分清楚這是強渡關山。

不過在她眼中，那個結論應該足夠了。因為法政科沒必要真的尋找凶手。」

「因為法政科只以正確地經營鐘塔為目的啊。」

梅爾文也理解地應聲。

雖然我也曾想像過，長期待在鐘塔的魔術師似乎十分熟悉法政科這樣的性質。不同於權力的腐敗，徹底專注於職責的存在。管理方與受管理方都只將對方視為齒輪的感覺，讓我不禁吞了口口水。

「話說連那位代理經理，我也是剛剛才初次見到……格蕾妳見過她嗎？」

「……是的。雖然是偶爾而已。」

「妳看得見她，代表關鍵在於作為靈媒的感受能力嗎？」

老師的台詞聽起來透出一絲類似羨慕。

「或許……是吧。因為其他魔術師好像也幾乎看不見她。」

我這麼說著，緊緊咬住嘴唇。

我在苦惱該不該問另一件事。雖然苦惱，我無法繼續將問題藏在胸中，決定坦率說出來。

「老師，你對於那名使役者有什麼看法？」

我說出口後，瞥了梅爾文一眼。

順便一提，將青年胸前手帕染紅的，是他不知道今天第幾回吐的血。坦白說，我認為他的吐血量不輸血會來不及救治，他的身體結構到底是什麼樣子啊？

「使役者？嗯嗯嗯？怎麼回事？」

梅爾文不出所料地反應道。

「妳是指韋佛曾參加的聖杯戰爭中據說出現過的英靈複製體——境界記錄帶嗎？我很好奇是誰打傷了韋佛，該不會是使役者？不，為何英國會出現使役者？而且在魔眼蒐集列車上？」

「我才想問。」

老師簡短地回答一連串的問題，頹然地靠在輪椅椅背上。

「老師，你還是躺著休養……」

「不要緊。為了顧及傷勢，我還請他們準備了輪椅。」

雖然這麼說，老師的吐息顯得很痛苦。

就算如此，他仍然用力抬起目光反問梅爾文。

「姑且問一下，你不是凶手吧？」

「哎呀，韋佛同學，我好傷心。什麼婚姻詐欺的騙徒啦、販賣非法藥物的販子啦，你從以前開始也把太多罪名扣在我頭上了！」

「因為你經有好幾次闖禍的前科……但凶手若是你，這時候應該會喋喋不休地自吹自擂坦白犯行。格蕾，不必隱瞞，可以在這裡說出來。在我昏迷期間，妳和那名使役者接觸過嗎？」

「……啊，是的。」

我點點頭。

儘管他們之間的信賴關係是個謎，既然老師說可以透露，我也沒有理由反駁。

「逃離腑海林之子時，那名使役者搭救了遇到雪崩的我——她說我是戰士，不該死在戰場以外的地方。」

「那的確是古代戰士的邏輯。」

老師懷念地笑起來。

半晌之後——

「……啊，我應該不是戰士。」

他這麼低語。

僅僅一句話，就讓我充分感受到和那名使役者的邂逅，為老師帶來超越負傷的震撼。

這是當然的。因為那名女戰士向他宣洩的言詞，足以否定他整個人格。

——「這張臉真看不順眼。」

——「我還以為是怎樣的魔術師，沒想到居然是這樣的窩囊廢。」

——「啊，受夠了煩死了我實在太厭煩這張臉了。」

我感到胸口深處揪緊發冷。

我隔著衣服按住彷彿變成石頭的心臟，一點一點地呼吸。我無論如何都忍不住去想，老師抱著怎樣的心情？遭到持續追逐之人——據說最接近那個人的對象當面否定，會讓他何等心碎？

縱然如此。

縱然如此，我也非問不可。

「請問……」

我呼喚道。

拋開一絲遲疑，我抬頭詢問。

「那名使役者……是怎樣的英靈？」

「…………」

對於我的問題，老師沉默半晌。

平常光看到這種反應我就會辭窮，唯有這次卻繼續發問。

「她自稱……赫費斯提翁對吧。奧嘉瑪麗小姐表示，那是伊肯達最知名的友人……」

「對。赫費斯提翁無疑是伊肯達的第一心腹。大量的傳說都指出那一點。伊肯達麾下雖然英雄、軍神眾多，不過第一心腹非赫費斯提翁莫屬。」

老師也表示肯定。

「正因如此，我才感到困惑。」

「咦？」

我眨眨眼，老師很有耐心地繼續解釋。

「我……不記得在『王者軍團』(Aionion Hetairoi)見過她。」

「……『王者軍團』。」

儘管第一次聽到名稱，我卻能理解它的意義。

也許從我的表情察覺此事，老師瞇起眼睛。

「唔嗯。萊涅絲和妳說過？」

「……啊，是的。那是第四次聖杯戰爭時服從老師的英靈——伊肯達使用的寶具之一對嗎？」

「服從……嗎？」

老師苦笑著摸摸臉龐。

「說歸這麼說，大體上是這樣。『王者軍團』是將伊肯達蹂躪過世界的至高軍隊，連固有結界一併召喚的超常規寶具。初次目睹時，我難看地嚇得腿軟。每一個人皆為貨真價實的英靈，自遙遠的馬其頓馳騁至亞細亞的偉大軍隊。無論軍神、大君或王朝的開祖，人人心中都烙印著同一個羈絆與景色的勇者們。」

老師的口吻與其說是向誰說話，更像是將閱讀過數十乃至數百次的書籍放在手邊，不翻開書頁直接默背一般。

我也看得見那一幕光景。

在荒野發出咆哮的強壯古代軍隊。隊伍中摻雜騎兵與槍兵，身穿愛用的盔甲，高舉自豪的武器，雙眸中卻帶著單純的憧憬及好奇心。

還有——率領所有軍隊，獨一無二的王者之姿。

伊肯達之所以在英靈當中受到另眼相看，是因為這個寶具吧。即使被死亡分開、即使經過了超過兩千多年的漫長時光、即使世界徵召了他們的靈魂，只要王者伴隨魔力發出呼喚，他們就會再度火速趕來，一種強大無比的羈絆形式。

「那支大軍人數多達數萬，我也並非跟每位將軍都交談過。可是，到場的心腹中確實沒有那樣的女子。如同我剛才所言，作為第一心腹的赫費斯提翁明明不可能不在那裡。」

「…………」

應當在場的英靈不在。

正因為是非現實的英靈大軍，欠缺的部分才會更清晰地顯現出來。若是總數多達數萬的軍隊，分別率領數千名士兵的將軍，應該也會散發出統率全體部下的存在感吧。我不認為老師會忽略那種自古以來稱作光環或領袖魅力，立於眾人之上者具備的光芒。

那麼，那名女戰士是怎麼回事？

「然而，我也難以否定她是赫費斯提翁。她使用了伊肯達的寶具『神威車輪』。能夠使用那個寶具的英靈，除了伊肯達本人之外也只有曾被說過『因為他也是伊肯達』的赫費斯提翁了。」

當然，老師看來也知道那段傳聞。

當大流士三世之母誤以為赫費斯提翁是征服王時，伊肯達這麼說著一笑置之的插曲。

老師靠著輪椅，一手按住太陽穴附近。

「……如果她是奧林匹亞絲，我還更可以接受。」

「啊，奧林匹亞絲是亞歷山大……伊肯達的母親吧。與馬其頓結盟的有力強國的公主。」

梅爾文補充說明。

後來我仔細打聽過，奧林匹亞絲並非單純是伊肯達之母，更是眾所周知值得畏懼的人物。

據說，每次舉行祭典她都會陷入通靈狀態，操縱數條大蛇在人群之間鑽動。

據說，她在婚禮前一夜夢見落雷擊中腹部，因此宣稱伊肯達是宙斯之子。

據說，她因為伊肯達之父腓力二世有想讓其他妻子當正室的跡象，涉嫌暗殺腓力二世……等等。她有一種猛烈的嚴酷，讓人想起伊肯達這名英雄日後的經歷。

「我記得馬其頓沒有專門的神官階級，因此奧林匹亞絲好像一手包辦了國家的重要儀式。以當時民眾的信仰之虔誠——神祕的強大程度來看，無論對伊肯達或馬其頓而言，她都是無比重要的存在。不能單純以新興宗教的信徒等說法加以概括。」

聽到梅爾文這番話，我也忽然想起那名女戰士的發言。

「……對了，她說她是伊肯達之母指派的監督者。」

「唔嗯。他們原本是那樣的關係也不稀奇。」

老師應聲後閉起眼睛。

正當我閉上嘴巴以免不慎干擾他思考，梅爾文湊在我耳邊悄悄地說。

「雖然我不太清楚情況，總之赫費斯提翁曾出現在這個地方？」

「如果她自稱的名字屬實的話。」

「喔喔喔。」

青年色素淺淡的眼眸討厭地亮了起來。

「……閉嘴。」

老師突然以食指抵住嘴唇，目光轉向旁邊。

不久之後，躺在床鋪附近的老人微微一動。

「卡拉博先生。」

神父似乎也醒了。

或許是對突然造訪的失明感到驚訝，他好幾次觸摸臉龐，然後拉近綁在腳上的鐵鏈。

「非常抱歉。根據菱理小姐的說辭，我們限制了你的行動。」

「……這樣啊。這個聲音，是艾梅洛閣下吧。」

「我的弟子格蕾與勉強算是友人的梅爾文．韋恩斯也在場。還有，可以的話稱呼還請加上II世。」

當老師沉穩地訂正，神父嘴角泛起一絲微笑。

「啊，那件事是真的嗎。我曾聽說現代魔術科的新君主出於對上一代君主的敬意，要求周遭眾人加上II世來稱呼他。」

「……這個嘛。作為魔術師，我的確遠遠比不上他。」

老師既未否認也未肯定地略過話題。

連只是略有耳聞的我也能夠理解，老師與上一代君主的關係應該極為複雜。他們兩人昔日在第四次聖杯戰爭交手、性命相搏，卻無法見證彼此的終結。我不知道如今老師對上一代君主有何看法，不過他的確對II世兩字很執著。

「可以向你確認一事嗎？」

老師沉著地拋出話頭。

「卡拉博先生，你真的涉及七年前的案件嗎？」

「……我不知道。」

老人按住頭部。

布滿皺紋的手指，現在顯得非常悲哀。手指一次又一次地顫抖著。

「直到剛剛之前，我真的忘了自己與那起案件有關。」

「……不記得？」

那句話令我雙眼圓睜。因為內容與這名老人實在太不相稱了。正因為如此，這同時讓我接受了他接著所說的話。

「不只那個案子。最近，我的過去好像被蟲蛀一般變得布滿空缺……」

我愕然地聽著那番話。

老師也神情僵硬地聆聽老人暴露內情。

「我看得見過去……即使不情願，也會被迫看見。彷彿在嘲笑無論睜開或閉上眼都無關緊要，過去朝我傾注而下。然而，我自己的記憶以更猛烈的速度不斷遭到破壞。那玩意兒就是這種魔眼。」

那便是他準備放棄魔眼的理由嗎？

卡拉博之所以挑戰可怕的腑海林之子、不讓魔眼拍賣會停辦，一定也是為了同一個理由。正因為拒絕記憶繼續遭到破壞，他才會搭乘這輛列車。

可是，這揭開了另一個事實。

「……意思是說，你完全無法控制那對魔眼。」

老師說出那個事實。

在某種意義上，這句話反倒證實了化野菱理的推理。

「……是這樣沒錯。」

卡拉博宛如枯枝般垂下頭。

他的手指貼著繃帶，底下並未滲血。那位代理經理施行的眼球摘除手術，似乎也不會造成被實驗體的疼痛。應該只是為了慎重起見才包紮起來。

「……啊啊。」

老人喉頭溢出呻吟。

「縱然如此……縱然如此，要是此刻有那對魔眼在，說不定至少能明白七年前的案子……」

卡拉博的聲音流過地面。

他說，現在明明正需要那曾經深深嫌惡的魔眼。

太過諷刺的結果，讓我連安慰他的台詞都想不出來。我只能一如往常地旁觀。只能看著如此殘酷的結果喉嚨發堵，面對一步步逼迫而來的無力感呆立不動。

「如果有人……」

我說出口。

「如果有人標下那對魔眼，不就可以得知七年前的案件詳情了？不，連這次的案件也……！」

「也許是這樣。然而，價格應該不是我能競標成功的金額。」

老師搖了搖頭。

正是如此。雖然請求買下魔眼的魔術師協助也是個方法，但對方願意協助的可能性極低。哪怕是法政科的菱理，顯然也並非特別在追究真相。無論那對魔眼落入誰手中，都已經不可能去注視卡拉博的過去及七年前的案件。

「——哈哈，買回來就行了嗎？」

一個悠哉的聲音回應道。

「梅爾文。」

「哎呀，從剛剛開始，我一直聽到令人好奇的字眼，什麼使役者、斷頭屍體的。這次拍賣大概將創下最高金額，我不會說肯定能得標，但試著挑戰也很有趣。畢竟難得參加了魔眼拍賣會啊。」

他蘊含得意笑意的眼眸看向老師。

「當然，事情得有一定的樂趣再說。怎麼樣，韋佛？」

「我無意向惡魔出賣靈魂。」

老師冷冰冰地別開視線。

梅爾文對此僅是聳聳肩，向我拋出話頭。

「對了，格蕾小姐。很遺憾的是，我一次也沒有親眼見過被害者——特麗莎·費羅茲，妳記得什麼關於她的事情嗎？」

「對於特麗莎小姐……嗎？」

聽他一問，我也陷入沉思。

遺憾的是，我和她並沒有太多的接觸。對話時也基本上都是和老師在一起的，實在想不出什麼只有我注意到的情況。

「對了，這麼說來第一次見面時……」

突然閃現的記憶，讓我不禁雙頰飛紅。

我想起第一次見面時她隨身攜帶的物品。

「怎麼了？」

「啊，沒有……我和特麗莎小姐第一次見面候，看到她衣服內側……這個、那個……掛著……某種，猥褻的……東西……」

「妳說什麼？」

由於老師反問，我越發覺得整張臉都要燒起來了。

不僅如此，皺眉的老師毫不在乎我臉紅的反應，繼續追問。

「再說一次。妳看見了什麼？」

「咦……咦咦咦！怎麼這樣！」

老師活像沒聽見抗議般向我探出身子。

「看見了什麼？」

「那……那個……這個……」

我實在不想說第二遍。

可是，我的意志不可能堅強到頑固地反抗老師。我認命地垂下頭，小聲嘀咕。

「就……就是……特麗莎小姐的衣服上……掛著猥褻的東西……」

因為太難為情，我感覺好想上吊。我甚至感受到亞德的右肩正愉快地忍著不笑的氣息，真是可恨。如果有神存在，請立刻破壞這個刻薄咒罵型封印禮裝。

不過，老師的反應並非如此。

他依然摀住嘴角，雙眼圓睜。不久後手指轉而觸摸太陽穴，宛如得到啟示的預言者般發出呢喃。

「將東西帶上車本身沒什麼好不可思議的。連我也採取了一些防禦措施。不過，凶殺現場沒有那種東西。就算假設是防禦措施，終究不是像魔眼封印般效果穩定之物……這樣的話，答案是——」

他的話語很平靜。

「另有其他用途。」

「老師。」

老師對於我的呼喚也沒有反應。

他依然注視著虛空，沉穩至極地繼續道。

「這並非推理。終究稱不上推理。但這個想像若是事實，可以這麼說。我當然可以斷言了。這次的凶手是我的敵人。」

我心中一驚。

至今為止，我在老師身旁一路見過種種錯綜複雜的案件。

可是，不管面對哪一個案件，老師終歸只站在接受問題——解決問題的立場上。作為推理小說的偵探，本應如此吧。然而他斷言凶手是自己的敵人，到底是發生了什麼心境變化？

「那麼，有必要調查另一件事。要完成這個儀式，需要適合的觸媒。」

「老師。」

老師自行轉動車輪滑向房門，然後回過頭。

「之後，我無論如何都會再來見你一面。卡拉博先生。」

「不……不好意思。告退！」

隨著那句話，我慌忙追上朝房間外遠去的輪椅。

2

大約幾分鐘後。

「——啊，老師！」

走廊上的卡雷斯轉身喊道。

晃動的捲髮在他的眼鏡上方搖曳。他依照老師的交代，去查看奧嘉瑪麗的情況……不過從他呆立在列車走廊上來看，似乎發生了什麼問題。

另外，只有老師和推輪椅的我兩人與卡雷斯面對面。老師告訴梅爾文一些話之後，他便分頭行動。

「非常抱歉。我進去過一次，卻被趕了出來。」

「不，沒關係。」

老師揚起手。

接著，他如此吩咐少年。

「卡雷斯，可以請你幫個忙，在走廊上監視，暫時別讓任何人進入這個房間嗎？」

「監視嗎？這當然無妨。」

「如果來的是工作人員等等那也無可奈何，不過若有人接近，希望你事先告訴我。儘管打算張設結界，坦白說我的技術無法信任。」

老師帶著苦澀的話語，讓卡雷斯坦率地低下頭。

「我明白了。不過，老師請不要勉強。依你的身體狀況其實不該四處行動的。」

「謝謝。」

老師道謝之後，重新轉向房門。

「門沒上鎖。我們進去吧。」

他用力拉開房門，露出室內。

奧嘉瑪麗坐在那個房間中央的椅子上。

「……怎麼又是你？」

銀髮少女側眼瞪了過來。

化野菱理的推理劇結束後，她趕走卡雷斯以後好像一直待在這個房間閉門不出。她的表情僵硬而冷淡，彷彿在說她連一步都無意移動。

「快點出去。你的弟子我也趕走了。」

面對少女的拒絕，老師悄悄碰觸門框。

他好像使用了某種術式，是剛才提及的結界嗎？效果若是不讓外面聽到多餘內容的程度，以老師的技術似乎也能輕鬆做到。

「格蕾。」

「……啊，好的。」

奧嘉瑪麗冷淡地說，而我將老師的輪椅推到她面前。

當前進到近在咫尺，雙方幾乎呼吸相及的距離時，老師緩緩地拋出話題。

「我有事情想問妳。」

也許是從他的態度判斷自己拒絕不了，奧嘉瑪麗不情願地開口。

「事到如今還說什麼？案件已經完全被法政科的人蹂躪過了吧？」

她沒有說案子解決了。她似乎也十分清楚，法政科終歸只是利用案件上演政治劇的表演。

「那些傢伙擅自闖入房間，擅自奪走特麗莎的頭顱。雖然你們同樣也無關緊要。」

根據她的話，這件事對菱理而言說不定已經用不到了。她終歸只是為了處理在魔眼蒐集列車上發生的案件，僅僅利用了奧嘉瑪麗及特麗莎的頭顱這些證據。以後的事情與菱理絲毫無關。

（……真的嗎？）

我感到有些不對勁。雖然沒有理由也沒有理論，那種感覺就像將頭埋在羽絨枕上，而羽絨中摻雜了寥寥幾根人工羽毛。

我還來不及把感覺化為言語，老師先開口了。

「女士。」

他呼喚道。

「我覺得很不甘心。」

「不甘心？」

「沒錯。這次的凶手顯然是我的敵人。」

老師再度說出敵人一詞。宣布至今連輪廓都看不見的凶手，正是與艾梅洛閣下II世勢不兩立之人。

「所以，我想問妳。特麗莎・費羅茲沒有留下其他任何東西嗎？除了她的頭顱，虛數術式的口袋還有掉出別的東西嗎？」

少女並未立刻回答老師的問題。

取而代之的——

「……吶。」

她低聲呢喃。

「為何我非得告訴你那種事不可？」

「奧嘉瑪麗小姐？」

我不禁呼喚她的名字，但少女連看也沒看我一眼。

「我討厭你們。」

她緊緊抓住裙子，由下往上瞪視我們。

她嘴角向下撇，單薄的嘴唇顫抖著，眼角泛起淚光，但仍舊斬釘截鐵地說。

「我討厭滿臉寫著『我靠努力奮鬥得到了認同』的傢伙！討厭那些說什麼『我不需要他人認同』，自我完成的傢伙！而你這兩種樣子都有，我討厭到了極點！」

「老師他沒有……」

「他等於在這樣說！因為，你們不是正試圖振作嗎！看過法政科盛大的推理劇後，你們不是還不放棄，試圖做些什麼嗎！看到你們的行動，我顯得很悲慘吧！」

少女用力搖頭大喊。

這番話太過情緒化，沒有任何道理，但正因為如此帶著難以否定的壓力。奧嘉瑪麗竭力握緊小小的拳頭，鼻頭微微顫抖，忍住屈辱瞪視我們。

「我最討厭的是……此刻拒絕不了你們這種人的我。」

顫抖的聲音與地毯纏繞在一塊。

「…………」

老師沉默半晌，拉開一點距離。

啪嚓聲取而代之地響起。

那是他從胸口的雪茄盒取出雪茄的聲響。他用火柴點摩擦點燃雪茄前端，叼在嘴角。

那股菸味讓我感到極為懷念。儘管考慮老師的身體狀況應該阻止他抽雪茄，我還是想與這股菸味多共度一會兒。

為了避免嗆到奧嘉瑪麗，老師轉向旁邊緩緩地任煙霧飄盪。

「我並未獲勝，女士。」

老師吐露。

「……你是指什麼？」

「妳知道吧。既然調查過第四次聖杯戰爭，妳理應也知道我在那場戰爭中落魄的下場。沒錯，我的確倖存下來。不過僅止於此。我無法贏得勝利。不只是我，那場戰爭沒有任何一人獲勝。」

（……啊。）

我眨眨眼。

因為這是我第一次聽說第四次聖杯戰爭無人獲勝。我只知道老師在挑戰多位魔術師及英靈的過程中生還的結果，但並未聽聞整體的結局。

（……這樣的話……）

第五次聖杯戰爭即將展開，是因為上一次沒選出勝利者嗎？

如果讓魔術師及英靈互相殘殺到最後，透過聖杯實現願望的那場儀式沒選出勝利者，那豈非太過淒慘的亡者行列？

至於倖存的老師——

「我並非振作——純粹是消沉停滯會更難受罷了。

我並非不放棄——純粹是無法停止思考罷了。

我對那場戰爭不感到後悔。不過，也沒有一個晚上不去回想。如果我的行動略有不同，會不會出現截然不同的結果？我不記得模擬過多少次。啊，我想參加第五次聖杯戰爭的理由很簡單。女士，我一定只是想證明而已。證明當時遜色的只是主人（我），使役者具有必能奪勝的才幹。」

（啊……！）

老師的聲音，令我咬緊牙關。

明明想過多半是這麼回事，當猜測化為言語出現，我心中還是騷動不已。喉嚨一陣刺痛。老師想參加第五次聖杯戰爭的緣由。在行駛於非現實也非異界之空間的魔眼蒐集列車上，老師終於告白內情。

面對和他一樣落敗的君主之女——

「奧嘉瑪麗・艾斯米雷特・艾寧姆斯菲亞。」

他再度緩緩地呼喚。

老師以手指夾著雪茄告訴她。

「這一次，我想獲勝。既然得知凶殺案的凶手是我的敵人，我無論如何都不能輸。」

他的話簡直像是祈禱。

那絕非只有美的一面的祈禱。言語中燃燒著不休不眠地咬緊牙關，交疊的十指緊握至滲血的熱情，而非修女跪在靜謐教會中的明淨清澄。這大概是信仰原本的含義。並非將人與人聯繫起來的神聖羈絆，僅僅是激發任何人勇猛血性的壓倒烈焰。

奧嘉瑪麗所坐的椅子嘎吱作響。

那是少女被老師的氣勢壓倒，稍微調整重心的聲音。

「你……」

她發出呻吟。

「你是說凶殺案的凶手，並非那個聖堂教會的人？你是說真凶另有其人，唯有你才知道是誰嗎？」

「光靠目前的證據不足以將他一軍。不過，證據如果更齊全一點，多半可以。」

老師的話語深處，蘊含著耀眼的光芒。

「妳不想贏嗎，奧嘉瑪麗？」

艾梅洛閣下II世呼喚少女的名字並發問。

簡直像純真的惡魔。簡直像狡猾的天使。看來就像極度矛盾的概念並存於老師內在，同時準備轉移到少女身上。

「我說不定會進一步損及特麗莎小姐的名聲。我的推理說不定最終將以強化菱理小姐建構的論點告終。說不定連妳都會跟著名譽掃地，淪落到只能慘兮兮地下車——縱然如此……」

縱然如此，還是──老師咆哮。

「妳不想證明嗎？不想向世界證明，妳可不是會忍氣吞聲坐視隨從遇害的人嗎？」

話語到此中斷。

先前慷慨陳詞的老師靠在輪椅椅背上。看來他終於忍受不了無視傷口疼痛，一直說話的反作用力了。

我慌忙奔向滿頭大汗的老師，為他擦拭額頭。

不久之後，少女隨著一聲沉重的吐息開口：

「你稱呼我奧嘉瑪麗。既非天體科，也非君主的女兒。」

「……沒錯。我需要妳。少了妳的回答，我無法獲勝。」

老師無力地同意道，奧嘉瑪麗的目光與他交會。

「別忘了。這是交易。艾梅洛閣下II世。」

「那是當然。」

「那麼……」

眼見老師頷首，奧嘉瑪麗站了起來。

她轉身從放在背後的桌子抽屜裡取出某樣物品。

「……這個是和特麗莎的頭顱一起掉下來的。」

「……果然。」

老師接過物品低語。

將那個物品放在掌心，他篤定地說。

「好歹是法政科的魔術師，我不認為她會漏掉這個，更何況是不知道這件禮裝的意義。因為拚圖會無法吻合，她故意從推理中剔除了。哼，如果觀看方變成可觀看方，那也是當然的嗎？」

雖然我不懂，那件物品對老師的推理而言好像是不可或缺之物。

（……和我看過的……不一樣。）

那並非我與特麗莎相遇時，讓我不禁臉紅的東西。

那是一種奇怪的飾品。青色玻璃的中央描繪著形似眼球的紋樣，造形看來像是正注視著我們。

老師暫時將那件飾品放回到書桌上。

「請讓我再問另一件事。」

老師拋出話頭。

「艾寧姆斯菲亞對於聖杯戰爭的了解，超出了稍加調查過的程度，可以的話，能告訴我是什麼緣故嗎？」

「沒什麼大不了的。」

「無論多麼瑣碎的小事都可以。」

「我看與案件云云無關，你問這個單純是拖泥帶水地對那場聖杯戰爭充滿留戀吧？」

少女揮揮手，深感無聊地說。

她顯然在挑釁。即使如此，老師的表情並未改變。

「或許是吧。現在的我實在稱不上冷靜。就算這樣，我不想停止一塊一塊地拼上拼圖。我總覺得在停止的那一刻，我將於真正的意義上停滯不前。也許這是無聊的執著，不過我做得到的，到頭來只有這種小事。」

「…………」

「對聖杯戰爭如此了解的妳，曾說過『可疑的聖杯』、『我不認為會有那種超越群倫的寶物』之類的話吧。妳十分熟知受召喚的英靈與封印指定局有所行動之事，為何將聖杯批評得一無是處？」

奧嘉瑪麗再度默默思索片刻。

她將眼神放遠，不久之後緩緩地開口。

「……從前我父親，馬里斯比利·艾寧姆斯菲亞這麼說過。」

她張開形狀姣好的嘴唇說道。奧嘉瑪麗之父正是天體科的現任君主。繼老師與那位豁達的老婦人巴爾耶雷塔閣下之後的第三位君主。統治鐘塔的十二名王者之一。

「他說，冬木的大聖杯沒有用處。」

「大聖杯沒有用處？」

老師機械地複述一遍，皺起眉頭。

（……大聖杯？）

我也反芻著那個詞彙。

所謂聖杯戰爭，應當是獲選的七名主人與伊肯達等七騎英靈一同互相戰鬥，最後倖存的一組得到成為願望器的聖杯……像這種流程的魔術儀式。不過，那個大聖杯沒有用處是什麼意思？

或許是有同樣的思路，老師也發問了。

「那是怎麼回事？」

「我不知道。父親有一陣子竭盡全力地調查上一代艾梅洛閣下喪命的那場聖杯戰爭，但最後做出那種結論作罷了……所以，我認為那場聖杯戰爭是作假的騙局。雖然好像耍了什麼花招召喚出英靈，但那不可能是作為願望器的超群寶物。我認為父親一定是那個意思。」

奧嘉瑪麗說到此處打住並抬起頭。

「你知道其他的意思？在第四次聖杯戰爭中打到最後的你知道嗎？」

「……不，我也不知道。」

老師緩緩地搖頭。

「我也未曾直接目睹大聖杯。雖然日後建立了幾個假說，卻沒達到證實的地步。我想過如果參加第五次聖杯戰爭，或許也會找到那些謎團的答案。」

我想像與老師簡潔的話呈反比的漫長時間。

自第四次聖杯戰爭後經過了十年。考慮到老師的特質，他針對聖杯戰爭苦思了多少時光？或者，那足以和我為這副外貌而苦惱的濃度相比不是嗎？

說不定是因為這樣。

頭腦愚笨的我明明與老師毫無類似之處，我卻不時擅自對他抱著親近感。我覺得我和這個人，是不是共享著疼痛難忍，很想放聲大喊的那個剎那呢？

銀髮少女的目光飄忽不定，忽然低語。

「簡直如殘像一般。」

「妳說聖杯戰爭？」

「統統都是。在這趟列車之旅中接觸到的一切，全都如殘像一般。」

奧嘉瑪麗回應。

她眯起眼眸，目光轉向車窗外流逝的午後風景。

冬季陽光微弱無力，逐漸流逝的影子顏色也淡淡的。脫離腑海林之子以後，周遭地形大都是開闊的原野，列車像分開綠色海洋般行駛著。

「你的聖杯戰爭、腑海林之子、這輛魔眼蒐集列車，簡直都像被拋下的殘像。明明主人早已走向遠方，只剩影子被留在現在的時間。明知道只有影子，為何人人還竭力抓住不放？真是可笑又丟臉。」

聽到少女這番話，我彷彿也看見了那種幻影。

蹐海林的本體。

魔眼蒐集列車本來的經理。

兩者都在話題中提及，在這次的案件中僅僅留下影子。不，使過去之影浮現的泡影魔眼也很類似。人人都受到過去束縛，遠離實物，被其影子所操縱。

「……殘像？」

老師再度悄然低語。

他消瘦的背部在顫抖。我心想是不是他被使役者寶具傷害的身體終於支撐到極限了，心臟猛然一跳。

「老師？」

「……啊，就是那個。那是第二個零件。決定性的齒輪。」

可是老師如呻吟般地說出口，仰望天花板。

他將手放在額頭上，緩緩地往下撫過臉頰，低聲發笑。

「真不愧是……天體科的繼承人。就算不是源於理性的行動，觀點也俯瞰世界嗎？」

「……！怎……怎樣啦，別突然稱讚我！」

「不過，這個答案的驗證……啊，可惡，如果至少有鐘塔的地圖……」

老師手肘靠在輪椅扶手上，輕咬下唇。

也許是注意到那句話，雙頰泛紅的奧嘉瑪麗詢問。

「你需要地圖嗎？」

「沒錯。我需要包含靈地狀況在內的地圖。雖說靠最新的衛星照片也不是沒辦法解決，考慮到魔眼蒐集列車，適用的星幽界(Astral)數據……」

「我可以準備。」

少女簡短地說。

「什麼？」

「我說我可以準備地圖。總之，有這個星球的現實(Texture)和與現實(Texture)交疊的內界座標資料就行了吧？」

奧嘉瑪麗這麼說道，從放在附近的皮包裡取出一台由大約為掌心尺寸的透鏡與齒輪組合而成的機器。

看樣子是類似投影機的魔術禮裝。

「照亮(Bright)。」

伴隨那聲呢喃，透鏡開始發出光芒。

一陣低沉聲音響起，房間中央浮現宛如地球儀的幻象。

幻象表面掠過好幾道淡淡的光，奧嘉瑪麗手遮在幻象上擴大影像，上面似乎也映出了我們所在的英國周邊地區。

「……這個是……」

「天體科製作的虛擬環境模型的大量實驗作品之一。雖然是幻象，只能用來檢查靈脈與靈地，不過對你說的那點需求派得上用場吧。怎麼，沒什麼好驚訝的吧。法政科也有類似的道具。否則，他們沒辦法檢查頒發專利的魔術的使用頻率等等。」

當老師低聲呻吟，奧嘉瑪麗得意地揚起嘴角，抬頭挺胸。

老師仔細地回顧幻象之後點點頭。

「……啊，理論我明白。不過我沒想到天體科對地球也感興趣。」

「地球也是星球之一吧？話說我們的目的並非天體本身。只是若想更深入了解這個地球（星球），先清除外圍障礙是捷徑，那麼，作為那個流程重演——」

說到一半，驚覺的少女支支吾吾起來。

「……奧嘉瑪麗小姐？」

「……沒什麼！更重要的是，如果這樣沒問題，你就快點調查。」

「我知道了。」

老師回答，也凝神注視擴大的幻象表面。

他修長的手指描摹掠過球體表面的白光，停在應該是我們所在的地點上。老師邊做筆記邊連連點頭，像驗算般陸續寫下數字。

「嗯，這樣沒錯。至少只有理由揭曉了。凶手的目的無比明確。那麼一來……」

老師的聲音顯得很遙遠。

不管我多想幫助他，都不可能有那種疑問的答案。我咬住下唇別開目光，逃避地眺望車窗外流逝的景色。冰雪林已不知消失到何處，悠然的田園風景接連飄過，老師的思緒逐漸深深地沉澱下去。

不久之後，空虛的笑聲響起。

「……哈哈。」

「老師？」

「原來如此。順序的問題嗎？」

他臉上浮現的笑容，性質與平常截然不同。

老師宛如猛獸亮出利牙般咧嘴，整排白牙彷彿要撕咬我的咽喉，讓我的心臟一瞬間猛然一跳。

「啊，這次總算逮著了……哈哈哈，以前為何沒有發現？這根本不是什麼謎團。打從一開始就露骨得誇張。我的頭蓋骨不知不覺間塞滿了木屑啊。

因為個人受到太大的衝擊，我完全看走眼了。對，沒錯。當赫費斯提翁以女性身分受召喚，無論如何都會想到那個理由。不過，重要的不是赫費斯提翁為何是女性。也不是赫費斯提翁為何不在『王者軍團』中。那是兩千年前以上的舊事。任何事情都有可能在代代相傳過程中出差錯。所以比起那些問題，應該思考的還在這些事情之前。」

他停頓一下，彷彿玩味著自己的答案般呢喃道。

「……那個人為何自稱赫費斯提翁？」

Whydunit。

動機為何？

一直以來反覆使用過許多次的，老師的思考源泉。但這次發生了怎樣的Whydunit？

「不，全都都是如此。這並非什麼案件，而是昔日案件的殘像。不，是遠遠更加無法挽救的殘骸。」

「你在說什麼？」

奧嘉瑪麗狐疑地皺眉，但老師搖搖頭。

「晚點我會一起說明。很遺憾的是，不拿出物證沒有人會相信這件事……話雖如此，不知道來不來得及？」

老師叼著雪茄苦澀地撇撇嘴，忽然轉向房門。

有人的氣在房間外息沙沙地移動。雖然老師好像動了些手腳，也許效果並非遮蔽外部聲響，兩個人的聲音在此時傳來。

「請……請等一下，梅爾文先生。老師交代不准放任何人進去。」

「唔唔！所以說，我接受你說的韋佛請託，實現他的期望了！」

這段對話讓老師淡淡地神情一緩。

「啊，那傢伙來了嗎？格蕾，替他開門。」

「啊，好的。」

當房門打開，兩個人影糾纏著進了門。

一個是卡雷斯，另一個是梅爾文。白髮青年拍拍白西裝，自豪地挺起胸膛。

「哼哼。正如你懇求我的，我去安排讓拍賣會延後啦！」

「情況如何？」

「哈哈，這種挑毛病的事包在我身上。商品目錄不完備與列車延誤、對追加賓客的嚮導處理不當，我隨意挑出這些問題質問並抗議一番，然後說需要時間準備追加資金，強行要求他們延後舉行拍賣會。豈止黃昏，拍賣會似乎將於深夜開始。」

雖然奧客這個字眼閃過腦海，我刻意不說出口。我覺得這名青年的確看來很擅長挑毛病。就算走進倫敦的精品店，我也能輕易地想像出他以一模一樣的調調抱怨東抱怨西的場面。可是最終看來，他很可能列入優質顧客之內，這就更加惡質了。

「好極了。」

老師也點點頭。

他取出銀鏈懷錶，確認時間。

「距離午夜子時還有十小時嗎……要問來不來得及，時間很緊迫。」

「該怎麼辦呢，老師？」

卡雷斯略帶不安地問。

老師對此僅僅為難地笑了一下。

「焦急也無濟於事。首先要養精蓄銳——對了，卡雷斯，可以拜託你一件事嗎？」

*

在那之後，情況沒有什麼變化。

老師老實地躺回床上休息，我也陪在他身旁沒有離開。

要說事情頂多只有卡雷斯替老師背上的傷口換過繃帶，重新塗抹奧嘉瑪麗給的祕藥（萬靈藥），我們依然沒離開房間。雖然聽到了晚餐的廣播通知，因為老師說不需要食物，我們直接度過了用餐時刻。

唯有梅爾文愉快地四處出入，不過至少在我所知的範圍內沒有發生大麻煩。

只是，我們全體都有某種預感。

這趟短暫又可怕的魔眼蒐集列車之旅，即將迎向最終局面的預感。

於是，在夜色已深之際，列車內響起一段廣播。

「各位乘客。」

那是車掌羅丹的聲音。

已經聽得很熟悉的男中音，肅穆地敲響我們的耳朵。

「各位乘客——從現在起將舉行魔眼拍賣會。請前來第二節車廂，群魔眼球庫(Pandaemonium)。」

第四章

1

「歡迎各位來到魔眼蒐集列車引以為傲的群魔眼球庫。」

車掌的問候就像莊嚴的樂器般在列車內響起。

那是個令人窒息的奇特地點。

群魔眼球庫名符其實，內部牆壁上擺滿了封有許多眼球的玻璃筒。整然排列的眼球散發的異樣感，連一路遇見不少魔術師的我都受到震撼。假使這些全都是魔眼，那每一對眼球不是都暗藏超乎想像的神祕與故事嗎？

同時，我也不注意到另一個異常之處。

（……大小不對勁。）

再怎麼看，這片空間都不是一節列車的大小。

姑且不論長度，寬度將近有車廂的兩倍。雖然感覺上只有必要的最低限度，這裡似乎使用過扭曲空間之類的魔術。車掌與拍賣師站在空間深處較高之處待命。現在駕駛這輛列車的人是其他工作人員嗎？或者說，列車本身正在自動行駛？

「讓各位久候多時。」

車掌再度開口。

他的身影與聲音，彷彿與黑暗同化佇立了數千年之久。我覺得只要魔眼蒐集列車尚在，其存在就不會破滅，萬一魔眼蒐集列車消失，他也會一起消逝。

包括我與老師在內，幾乎所有受邀賓客人齊聚一堂。

其他人分別是梅爾文。

奧嘉瑪麗。

伊薇特。

約翰馬里奧。

化野菱理。

不在場的只有老師交代過什麼事的卡雷斯，與遭到監禁的卡拉博。

在逃離腑海林之子後上車的烏鴉等使魔也分成兩組，安排在天花板附近。

「這次展出的魔眼總共有五件。關於各魔眼的功能與條款、得標估價(Estimate)以及關於拍賣會的各種注意事項，都記載於各位手邊的目錄上，請加以確認。」

總共有五件。

其中兩件我第一次聽說，不過是多半在我們沒出席的晚餐上介紹過。由於是我們擅自決定不出席，也沒有理由生氣。

「另外，如同先前介紹過的，拍賣會上採用的貨幣為美元。這次的旅程在大英帝國境內，我想有些乘客會對此感到不悅，不過運行於歐洲全土的魔眼蒐集列車有這麼做的理由，懇請見諒。我們提供各國貨幣兌換美元服務，並確保與外界通訊的通暢，以供各位確認融資狀況等等。請自由利用。」

說明完畢，車掌退後一步。

一襲毛皮大衣鑽進他留下的縫隙。

「那麼，魔眼拍賣會開始。」

拍賣師雷安德拉肅穆地宣言。

小小的木槌在她穿著毛皮大衣的胸口處晃動。那麼小的木片，為何在我眼中顯得如此可怕？

「……老師。」

「……很遺憾，物證尚未送達。」

老師低聲回答我。

梅爾文的延遲工作將以白費力氣告終嗎？

奧嘉瑪麗和伊薇特都已經看也不看我們一眼。雖然對於案件的關係各有不同，她們同時也是無從改變的魔術師。在魔眼拍賣會上，足以拋下其他一切的關注。

同時，異樣的熱切並非只來自於受邀賓客。

我還感受到，剛才那些使魔大量的視線投注在拍賣台上。

「公開第一件魔眼。」

當拍賣師低下頭，旁邊出現了另一名工作人員。

那人抱著一個與牆上陳列的不同，樣式優美的玻璃筒。當然，筒內裝著一對眼球。見玻璃筒在身旁放妥，拍賣師滿意地點點頭，以沙啞的嗓音低語。

「首先是一件高貴之色，『炎燒』魔眼。由於是基本的高貴之色，起標價為一百萬美元。那麼，拍賣開始。」

她落下木槌。

槌聲還沒消失，眾人已開始出價。

「一百一十萬美元。」

「一百二十萬。」

「一百三十萬。」

使魔們接連喊道。

在大型拍賣會上，出價金額好像是由拍賣師提出，但魔眼蒐集列車拍賣會的參加者包含使魔在內也不滿二十名，因此採用由參加者宣布數字的方式。

話雖如此，由於那些使魔大多是貓頭鷹或烏鴉等鳥類，這一幕令人非常毛骨悚然。儘管鸚鵡會模仿說話聲，但那終究是模仿。說話聲中沒有意志，也不可能蘊含智慧。可是，現在使魔們叫喚的聲音不只有智慧，更充滿了對魔眼及金錢的異樣執妄。

「一百五十萬。」

「一百七十萬。」

「一百九十萬。」

出價聲繼續響起。宛如連續好幾小節的咒文。

與潛藏於聲音內的執迷相結合，這場拍賣本身在我眼中看來宛如某種大儀式。我覺得每次喊出新價格，椅子便發出聲響、呻吟，將扭曲的空間變得更加扭曲。不，那說不定實際上是魔術。我回憶起老師說過，金錢是人類創造的共同幻想，亦是一種魔術。那麼，拍賣就是最好的例子吧。更何況是魔眼的拍賣會。

使魔們都出過價之後，第一次有人舉起號碼板。

「五百萬美元。」

是伊薇特。

她一口氣將競標金額拉高近三倍。我想起她曾說過，志在必得的客人可不會派使魔代理。她的行動就像在宣言之前的競標只是暖場，重頭戲現在才開始。列車裡的氣氛變得越發熱烈。

另一個人舉起號碼板。

這次是約翰馬里奧出價「五百三十萬」。我不由得瞪大雙眼。他說自己在媒體上賺了不少，不過真的拿得出那麼大一筆錢嗎？或者說，這是他以其他方法賺的錢？

「五百五十萬。」

「六百萬。」

伊薇特和約翰馬里奧再度繼續出價。

討厭的感覺竄過脊背。看來連人命都能輕易買下的金額，十分輕易地在這輛列車內流過。十分輕易地消失而去。那幾乎像魔術般，逐漸侵蝕我的神經。

「六百一十萬。」

「六百二十萬。」

「六百三十萬。」

伊薇特、約翰馬里奧、伊薇特輪流喊道。

加價的額度漸漸變小。每次增加十萬的出價聲，聽起來好像伴隨著某種節奏。中間不時穿插拍賣師的倒數，越發煽動車廂內的熱切。

想法與熱情化為渾然一體，促使拍賣會這個地方變得成熟。

在這種情況中，作為拍賣對象的魔眼是受到眾人注視？還是在注視眾人？

「六百三十萬。還有人出價嗎？」

拍賣師確認出價並環顧車廂。

約翰馬里奧不甘心地咬牙切齒，但沒有再加價，正當拍賣師舉起木槌之際，新的聲音響起。

「一千萬。」

髮色雪白的青年舉起號碼板。

（梅爾文……）

我屏住呼吸。

梅爾文說出相差懸殊的數字，表情一如往常地平靜。

伊薇特與約翰馬里奧也無法對抗這個數字，這次在所有聲音消失之際，拍賣師敲下木槌。落槌價。明確指出得標者是誰的清脆聲響。

伴隨那個聲響，成群的使魔也出現難以形容的氣息。

（誰得到了什麼魔眼，涉及鐘塔以後的利權……）

伊薇特之前說過這些話。高階的魔眼具有如此強大的力量。梅爾文．韋恩斯在魔眼蒐集列車上得到了什麼高貴之色……光是這項訊息，就會導致某些人喪命吧。

工作人員撤下第一件魔眼，在拍賣台上擺放新的魔眼。

「接著是搶奪魔眼。再度敬告各位，請閱讀目錄確認責任限制條款等等。由於這件魔眼為『黃金』位階，起標價為五百萬美元。」

我想起責任限制條款的內容。

根據拍賣師先前的說法，那種魔眼曾攻擊過宿主。據說只靠注視就會奪取他人生命力的「黃金」位階。

當拍賣師說出「黃金」之名時，使魔之間傳來一陣響亮的呻吟。雖然從目錄等地方確認過拍賣品，實際展出時仍會引發感嘆嗎？正因為身為與神祕共度生活的魔術師，他們很了解神祕的價值。黃金魔眼帶來的衝擊不知有多麼強烈？

這次約翰馬里奧並未參加。看到方才的金錢競賽，他或許覺得自己不是對手。

競標同樣在使魔們的小規模競爭後，轉變成伊薇特和梅爾文的對決，這次由伊薇特以四千萬美元得標。

「真不愧是魔眼的名門。碰到關鍵的魔眼不會讓步。」

老師摸摸下巴評論。

在伊薇特眼中，那是絕不能放過的場面吧。

後續的兩件魔眼果然不是高貴之色，結果由使魔們競標取得。遇到這種情況，據說魔眼蒐集列車與得標者雙方會協議日期及地點後再進行移植手術。

＊

於是，那一刻來臨了。

存放第五件魔眼的圓筒終於送到台上。

「那麼，最後是——今天的主要拍賣品。『寶石』位階，泡影魔眼。」

拍賣師行了一禮。

她彷彿是朝著那對魔眼，而非賓客們致敬。

誰也沒有對她的態度提出異議，這反倒讓本來已經沸騰的車廂內翻滾著高達數十倍的狂熱。由慾望與執妄與更多的狂熱混合而成，難以言喻的漩渦席捲了群魔眼球庫。

「即便是本列車，也未曾經手過『寶石』魔眼。包含我在內，各位光是在場躬逢其盛就不得不說是種至高的幸運。」

拍賣師的聲音聽起來也微微變調。

充滿群魔眼球庫的狂熱，絕非只屬於競標者(Bidder)。雖然有人說列車絕大多數的工作人員應該僅是維持著昔日經理舉辦的活動，不過涉及「寶石」魔眼，他們似乎展現了新的面貌。

「起標價為三千萬美元。」

從起標開始就相差懸殊。

到了這個等級，派使魔參加的魔術師們好像也無意冒失地參與。他們誰也沒有開口的氣息，這場的競賽只屬於親自參加的受邀賓客。

「——七千萬。」

梅爾文率先起跑。

即使來到這個金額，純白的青年表情也毫無變化。他淡淡地開出超過起標價一倍的金額，僅僅點了個頭。

「八千萬。」

接著，奧嘉瑪麗也舉起號碼板。

她到現在首度參加競標，我忍住險些脫口而出的驚呼。

「……奧嘉瑪麗小姐。」

「要說當然也是當然。儘管碰到隨從喪生這種不幸，她本來就盯上了這次的魔眼。雖然並非『彩虹』位階，『寶石』位階的魔眼也足以達成目的。她沒有理由客氣。」

老師低語。

這代表她雖然與我們做過交易，但那件事與拍賣會無關吧。

的確沒錯。就算奧嘉瑪麗參加競標，我也不認為這會妨礙老師追查凶手。只是曾交談過寥寥數語的對象加入這種嚴酷的競爭，本身就足以撼動我膽小的心靈。

「八千五百萬。」

「九千萬。」

兩人之間彷彿火花四散。

他們刀鋒相接的武器既非實物也非魔術，但連我都清晰地感受到確實有血花飛濺，雙方承受著強烈的痛楚。金錢這個人類的共同幻想，擁有那麼深切的意義。

「九千五百萬。」

「一億。」

使金額達到一億大關的宣言，來自第三個人。

伊薇特也堂堂下場。

可是，出價聲彷彿在吶喊那又怎樣般繼續著。

「一億一千萬。」

「一億兩千萬。」

梅爾文與奧嘉瑪麗的號碼板沒有放下。

心臟狂跳到發痛。只是在旁邊關注的我，意識漸漸被捲入數字的漩渦中。

「嗯，連畢卡索的畫作也就值那種程度的價碼。至於寶石魔眼，競標還不會停下來吧。」

老師低語，新的價格在這幾秒之間出現。

「一億三千萬。」

我差點啊地一聲叫出來。

旁觀到現在的化野菱理舉起號碼板。第四個人的參加。她優美地按住振袖的身影，看得工作人員與魔術師們吞了口口水。

「……不不不，法政科的女士，妳在開玩笑吧？」

也許是為了掩飾心中的動搖，甚至連伊薇特都眨眨眼睛開起玩笑。這麼做在一般拍賣會上或許不符規矩，不過在這輛列車上，工作人員並未特別提出告誡。

「我當然很認真。這不是能開玩笑地參加的場合吧。」

菱理的話語始終沉著冷靜。

她的微笑，使得梅爾文和奧嘉瑪麗都啞口無言。

「好了，各位請別介意，繼續進行拍賣會。」

拍賣師緩緩地催促，輕輕敲下木槌。

只是一個動作，競標就再度展開。

「一億四千萬。」

「一億五千萬。」

「一億六千萬。」

梅爾文、奧嘉瑪麗、菱理依序開口。

由於參加競標的受邀賓客增為四人，拍賣會不由分說地加速著。那讓我想到盤旋的螺旋。在參加拍賣會的眾魔術師之間，以名為金錢的「力量」為媒介進行的螺旋大魔術儀式。在令人刺痛的漩渦中，四人仍然沒放下號碼板。

「兩億。」

伊薇特的聲音將金額推向新一道大關。

周遭湧現一陣嘈雜聲。明顯的動搖氣息傳遍關注局勢的眾使魔之間。他們會將這個消息流傳到外部吧。激起的漣漪將在多大程度上撼動魔術的世界呢？

「局面很複雜啊。」

老師呢喃。

「如果這是在鐘塔舉行，不挑選受邀賓客的拍賣會，拍賣特麗莎死前提過的『彩虹』位階——直死魔眼，出現高數十倍的價格也不稀奇。如果有超越邏輯與因果給予死亡這個結果的魔眼，人人都會設法弄到手吧。不過，這次的泡影魔眼在那一點上並不是決定性的。『寶石』魔眼雖然罕見到是否有幾位君主持有都難講，不過讓過去浮現於現在這種特性本身，評價會因魔術師而有所不同。所以，這場拍賣會就是看魔眼的罕見程度本身值多少錢。」

（……啊。）

我大致明白了。

所謂價格絕不是絕對的，神祕更是如此。因為知曉其價值與意義的魔術師本身不多，無論如何都會發生極端的搖擺。

「在魔眼蒐集列車上的標價，在某種意義上可以說訂得非常便宜。畢竟魔眼本來就並非能標價的東西。就算如此，既然只限受邀賓客參與，極限差不多該到了。」

實際上，場面也了變化。

奧嘉瑪麗不甘心地咬住下唇，放下號碼板。

不，不只是她，梅爾文也放下了板子。終於要結束了嗎？任何祭典都會迎向的終點。魔眼將落入誰手中？誰將看見新世界？

剩下的人只有菱理與伊薇特。

菱理再度開口。

「兩億一千萬。」

「兩億兩千萬。」

伊薇特當場回應。

但她卯足全力出的價，依然遭到面露微笑的菱理迎擊。

「兩億三千萬。」

菱理清澈的嗓音傳遍列車。

伊薇特終於不再開口回應。直到剛才為止還在跟價的奧嘉瑪麗和梅爾文，也沒有再次舉起號碼板的跡象。

拍賣師重新觀察群魔眼球庫。

「兩億三千萬，有人出價嗎？」

現場果然依舊鴉雀無聲。

「有人出價嗎？」

她向所有人確認，同時舉起木槌。落槌價。曾經位於卡拉博眼窩內——說不定看穿了案件全貌的魔眼，將落入法政科手中——

「——兩億四千萬。」

有人舉起號碼板。

每個人都雙眼圓睜地看著那個對象。伊薇特和奧嘉瑪麗不用多說，甚至連開出至今最高價格的菱理都僵住不動。

「老師！」

舉起板子的——是老師。

眼見超乎想像的魔術師參加，幾隻使魔發出哀鳴般的叫聲。連菱理參加競標時都不驚訝的拍賣師，這次似乎也非常錯愕，手中舉起的木槌無處可去。

「怎麼了？我說兩億四千萬。拍賣師，可以請妳繼續主持拍賣嗎？」

老師以沉著至極的聲調催促道。只是坐在他身旁的我，看見他放在膝頭的左拳微微地顫抖著。

「那麼——」

正當拍賣師放下木槌頷首之際……

「等等！」

梅爾文舉起手。

「氣氛實在太過激烈了。很抱歉，可以休息一會兒嗎？」

也許是老師的參加太過意外，其他魔術師並未對他任性的提案發出任何抗議。

拍賣師帶著一絲困惑開口。

「我接受這個提案。休息十五分鐘。」

拍賣師的宣言，在群魔眼球庫內搖盪良久。

2

「——這是怎麼回事，韋佛？」

唯獨這一次，梅爾文以嚴肅的語氣開口。

此處是包廂。當我們暫時離開群魔眼球庫一回到老師房間，青年就以前所未見的強硬口氣質問老師。

「現在的艾梅洛不可能籌得出那麼一大筆錢吧！不如說，韋佛你的債務應該也完全沒還清才對！你以為魔眼蒐集列車的拍賣會容許競標者開空頭支票嗎？」

「當然籌不出了。」

老師點點頭，微微瞇起眼眸。

「不過，你打算在那裡罷手吧。」

「算是……吧。雖然我過著頗為富裕的生活，畢竟喝的是本家剩下的幾口湯。我沒有預算再加碼了，沒辦法繼續撐下去。」

青年誇張地高舉雙手。

在只接觸過打工薪資的我看來，這已經超出理解範圍太遠，什麼預算夠不夠都聽得一頭霧水。豈止一億美元，就連一萬美元我都無法想像如何使用。

「說到這個，我認為小伊薇特相當可疑就是了。再怎麼說，出價兩億美元也喊太高了。安謝洛特與巴露忒梅蘿的本家說不定出得起，說歸這麼說，那也遠遠不是零用錢程度的小錢。雖說是代代專攻魔眼的家系，我實在不認為他們有這麼多錢。」

「……你的意思，是指伊薇特與案件有關？」

「誰知道。我可不是偵探，純粹是談論資產的極限罷了。」

反過來說，估算有力家系的資產極限，對於被納入鐘塔權力結構者來說應該是基本技能。這是鐘塔絕非僅僅是研究魔術的地方，被稱作所有陰謀之坩堝的緣由。

方才的拍賣會象徵的，鐘塔之戰。

我感到冷汗直冒，也問了另一個問題。

「那麼，法政科的菱理小姐大約出得起多少錢？」

「……在某種意義上，她那邊出多少都無所謂。」

「咦？」

當我回過頭，老師朝我小聲地嘆息。

「試著思考一下，在這場拍賣會上賺取的錢會落入誰的口袋。」

「呃，呃……」

梅爾文豎起修長的食指，為無法立刻領會話中含意的我繼續說明。

「妳瞧，與其他魔眼不同，泡影魔眼屬於卡拉博先生對吧。唉，魔眼蒐集列車雖然會強迫宿主提供他們看中的魔眼，但這是基於所有魔眼都應該由這輛列車掌控的信念，目的不是大撈一筆。扣掉手續費（Commission）之後，他們會支付正當的金額給賣方（Seller）。」

「咦？那麼，那筆超過兩億美元的錢幾乎都是卡拉博先生的……」

「嗯。然而卡拉博如果入獄，財產將被鐘塔沒收對吧。這次能炒多高就炒多高的魔眼價格，到頭來會整筆還給鐘塔。」

「啊……！」

我不禁喊出聲。

我也總算發覺梅爾文所說的意思，老師接手繼續道。

「必然的，在鐘塔也掌握經營權的法政科將得到那些財產。在化野菱理可自行裁量的範圍內，出多少錢都不成問題。畢竟交給拍賣會的錢，除了手續費以外會原封不動地歸還。」

這個單純卻超乎想像的計策，聽得我雙眼圓睜。

當我被拍賣會的狂熱氣氛弄得發愣的期間，檯面下布滿了陰謀。或者說是其中一角。在她眼中，這只是從錢包裡拿出錢，裝進另一個錢包而已嗎？

「那麼一來，問題在於她的自行裁量範圍有多大。就算說她是法政科的人，畢竟只是成員之一，我認為應該相當接近極限了。不如說，即使只收百分之幾，手續費也不容輕忽。既然卡拉博是聖堂教會成員，處理不當的話可會引發戰爭。」

梅爾文轉動手指把玩白髮。

老師眉心皺得比平常更緊，同時詢問。

「梅爾文。你可以支撐到什麼價碼？可以堅持到哪裡？」

「唔。韋佛你並非想要那對魔眼吧。你的目的是什麼？」

「對方應該沒料到價格會炒得那麼高，在拍賣會舉行期間，他應該不得不專心應付。我會趁機讓我方的王牌送達現場。」

（……對方？）

老師指的到底是誰？

這與他託卡雷斯去辦的事情有關嗎？

「這個可趁之機還真貴。」

梅爾文快活地笑了。

然後——

「吶，韋佛。」

他可以反倒顯得溫柔的語氣呼喚。

「我再問一次。你能夠承諾，事情會變得有趣嗎？你能夠向我保證嗎？你能夠斷言，這是值得賭上友人傾家蕩產的一幕嗎？」

青年的雙眸直視老師。說不定在第四次聖杯戰爭前夕，當年輕的老師要求他贊助前往遠東的旅費時，他也用同樣的眼光注視過老師。兩人之間緊繃的空氣，凝聚了我無從窺視的時光。

老師輕輕頷首。

「我承諾。一定符合你的喜好。」

「很好，那麼……」

梅爾文馬上拿出手機。如同在拍賣會開始前車掌說過已開放跟外界通訊一般，電話輕易地打通了，青年當場切入正題。

「喂，是我是我。關於先前你說過想要的調音器，不，不是要給你。雖然不給，用來當抵押品的話你可以出多少錢？三千萬美元？不，那怎麼可能，應該值七千萬才對。嗯～我沒有時間，取中間數字折衷算五千萬吧。那就先這樣。」

「嗨，是我。我想拿我家房子抵押貸款……不，希望你偷偷進行，別讓媽媽聽到消息。馬上辦可以借到多少？」

「嗯，是梅爾文。嘔噁噁噁噁噁噁。不好意思，照老樣子又吐血了。對了，我想拿你之前就很中意的那些禮裝當抵押品，現在立刻要的話，你能融資多少錢……」

接連不斷地談妥三筆融資之後，青年動作流暢地轉身點點頭。

「好了。追加一億三千萬。姑且能打一場了吧？」

我愕然地張大嘴巴。因為連我也能理解，青年剛才處理的作業代表什麼意思。我不由分說地被迫理解，他用簡直像請人喝杯咖啡般輕鬆的態度轉讓了一切。

老師對於那句話頷首，然後轉向我。

「對了，格蕾。萊涅絲有將信用卡交給妳保管嗎？」

「咦？啊……是……是的！」

當老師指出我遺忘的東西，我慌張地在懷中摸索。

「這個是萊涅絲小姐交給我保管的信用卡！」

搭乘魔眼蒐集列車前，萊涅絲給了我這張卡。她說在拍賣會上應該需要實彈(Cash)，幾乎將這個強塞給我，不過到現在真的派上用場了。

老師低頭看了信用卡一眼，不愉快地閉起一邊眼睛。

「可惡，多半能加個三千萬左右吧。站在那傢伙的立場，大概會想趁此機會增加我的債務，所以我想她有叫妳攜帶信用卡。」

「那麼，共計追加一億六千萬嗎？可以出價到三億六千萬。」

梅爾文計算著，突然轉身望向背後。

個別房間的房門打開，戴眼鏡的捲髮少年自門後現身。

「老師。」

「卡雷斯先生。」

我也喚出他的名字。卡雷斯不知道被老師指派了什麼事，拎著大皮包回到房間。

我直盯著從皮包內露出的物品。

「……啊。」

「看來成功了。」

老師如此低語，神情間仍未放下緊張感的卡雷斯也點點頭。

「是的。因為依然擺在菱理小姐房間裡，我就帶回來了。正如老師所說的，房間既沒上鎖也沒有設下任何措施。」

「特麗莎小姐的……頭顱。」

我不禁目不轉睛地盯著那個物品。

卡雷斯帶來的皮包裡，裝著奧嘉瑪麗發現的——據說被虛數術式藏匿的特麗莎頭顱。

在菱理參加拍賣會期間，少年似乎奪走並藏起了頭顱。他在拍賣會中斷後相隔一陣子才前來這個房間，是因為擔心菱理回房後會不會引發騷動吧。

不過從結果而言，菱理留在群魔眼球庫，並未發覺這件事。

「因為在她眼中，魔眼蒐集列車的工作人員也不能信賴，覺得上鎖沒有意義吧。假使有人偷溜進去，也難以將頭顱帶往魔眼蒐集列車外面。更何況特麗莎小姐的頭顱事到如今也沒有當作證據的功用。考慮到魔眼，上面好像施過魔術以避免腐敗，但也僅此而已……不過，對我們來說有重大的意義。」

老師得意地笑了。

「對了，請問拍賣會的情況怎麼樣？我去群魔眼球庫一看，發現大家不在，連忙回到這裡來。」

「嗯，在出價到兩億四千萬美元時暫停休息中。順帶一提，目前最高的出價金額是我喊的。」

「咦咦咦！」

卡雷斯驚愕得險些跳起來，老師從他手上悄悄拿起皮包。

他將皮包放在膝頭，靈巧地調轉輪椅。

「過去預做準備吧，卡雷斯。」

「……！好的！」

少年慌忙追上離開房間的老師。

我和梅爾文被留在原地。

這段密度過高的時間壓倒了我，我緩緩地搖頭，發出一聲大大的嘆息。才短短十幾分鐘，我現在卻覺得其中好像濃縮了幾個月之久。這段休息時間也一樣，其他陣營或許也正為了尋求融資或其他助力而東奔西跑。

大概是這個緣故吧。

雖然沒有一個正當的理由，被拋下的我忍不住回頭問梅爾文。

「為什麼……你那麼不惜一切？」

我試圖問他為何那麼支持老師，想法卻不成言語。

儘管如此，青年察覺了我的言外之意。

「很簡單啊。」

他輕佻地笑著點點頭。

「聽好了。我會對於他人的墮落與失敗感到欣喜，意外地沒有人性。唉，妳在鐘塔問任何一個認識我的人，他們應該都會當場點頭同意。因為照我的生活方式，只會讓人認證那個評價正確無比。」

梅爾文說完，以手帕擦拭嘴角。

他的嘴邊再度微微滲血。

「遠在得知我的身體無法成為普通魔術師之前，我就是這種人。所以，我不是因為家庭環境才變得性格扭曲。我一定打從一開始就沒有人性，即使查出體質後遭到家中冷落，對我本身也並未造成任何影響。嗯，只不過是有兩三次或幾十次險些喪命而已，凡是魔術師人人都經歷過那種事。」

他從話語字裡行間中透露出的情況，非常遙遠。即使是魔術師人人都經歷過的事情，並非魔術師的我也只能想像。

就算這樣，我唯獨明白這名青年正極為真摯地訴說著。

我感受到，從初次見面起一直鬧著玩的梅爾文，至少是認真地在談這件事情。

「不過，無人性者有無人性者的自尊。只要覺得有趣，哪怕賭上雙親或自身，都應該好好地賭到最後的最後。只有自己躲在安全範圍的話，那傢伙甚至連沒有人性都不算，紙會墮落成一個懦夫（Chicken）。」

純白的青年靜靜地說完後，也跟著老師離去。

群魔眼球庫——戰場正在等著他。

3

「——那麼，競標從兩億四千萬美元再度展開。」

拍賣師的聲調已恢復冷靜。

即使對於參加者感到意外，看來事到如今她不會為了金錢的多寡忘乎所以。確認包含我與卡雷斯在內，方才參與的所有人都回來了以後，拍賣師敲響小錘子宣布拍賣會繼續。

「兩億五千萬。」

「兩億六千萬。」

驚人的數字立刻在列車內此起彼落。

首先是菱理，接著是梅爾文。一度放下號碼板的梅爾文重返戰線，讓菱理輕輕瞇起眼眸。雖然老師天文數字的債務暫時免於進一步增加，但我沒辦法感到安心。

不只如此，另一個人也回到拍賣會的戰場。

「兩億八千萬。」

是伊薇特。

她在休息時間和梅爾文一樣取得了追加融資嗎？也許是看到每次一千萬的加價沒什麼

進展，雙馬尾少女一口氣加價兩千萬。她舉著板子，楚楚可憐的櫻唇浮現滿意的笑容。

可是——

「三億。」

「三億兩千萬。」

菱理與梅爾文兩人也跟著喊道。

一次加價兩千萬。達到三億大關的金額，已讓在場的魔術師們的使魔連呻吟聲都發不出來了。拍賣會進入甚至連他們這些常客也不曾目睹的世界。

「三億三千萬。」

「三億四千萬。」

「三億五千萬。」

接著，加價競賽回到一次一千萬。順序為伊薇特、菱理、梅爾文。

每喊一次都像在削減生命。有句話說魔術的原則是等價交換，不過與這種金額等價的魔術到底有多少？理所當然地逐步增加的一千萬美元這個數字，到底是多少人奉獻一輩子才能達成的金額？

「三億六千萬。」

終於——才經過短短幾分鐘，就到了那個金額。

梅爾文新增融資的金額上限。

世界有一瞬間靜止了。

可是在幾秒鐘後——

「三億七千萬。」

菱理舉著號碼板宣言。

我知道身旁的老師顫抖地握緊了拳頭。雖然老師也很留意表情，避免流露出不安，可是現在的我已經知道，那是不成熟的撲克臉。老師本來的特質是無可救藥地熱情、衝動、不懂得忍耐。無論再怎麼訓練，也不可能改變性格的基礎部分。

那個老師此刻正極力壓抑著不安。

我感到梅爾文朝這邊瞄了一眼。他在問夠了嗎？但老師沒有反應。因為一旦回應，其他人將察覺我們已達到極限。

也許是這個緣故。

梅爾文抬起頭出價。

「四億。」

「四億一千萬。」

我幾乎忍不住叫出聲。

聽到伊薇特接下來的出價，菱理放下號碼板。原本由三個人抬高價碼的拍賣會，其中一角終於崩塌，化為只有伊薇特和梅爾文兩人的競賽。

（跟伊薇特小姐……？）

坦白說，這是意想不到的情況。我隱約認為無論誰退出競標，只有法政科的菱理一定會留著。

沒想到會是這兩個人爭奪「寶石」魔眼。

場面停頓了半晌。

「四億一千萬，有人出價嗎？」

拍賣師重新確認。

沒讓她問第二次，依然舉著號碼板的梅爾文宣言。明明早已超過極限，明明應該是這樣，他卻仍未停止出價。

「四億兩千萬。」

「四億三千萬。」

伊薇特當場回應。

金額明明比她先前放下板子時高了將近一倍。

（雷曼家有那麼多資產……？）

考慮到她是魔眼蒐集列車的常客，我不認為她會不要命地開這種玩笑。話雖如此，我不曾聽說雷曼家是足以和法政科及三大貴族分家競爭的資產家。當然，我完全不熟悉鐘塔內部情形，實際上是這樣也不稀奇，但周遭眾人對她的反應也不太相符。這樣的話……究竟是怎麼一回事？

（……有人貸款給伊薇特？）

——「對方應該沒料到價格會炒得那麼高。」

老師的話閃過腦海。

對方是指伊薇特嗎？

亦或是，貸款給她的另一個——

「四億四千萬。」

「四億五千萬。」

「四億六千萬。」

梅爾文、伊薇特、再輪到梅爾文。

「五億。」

這一次。

是那個數字成為決定性的一擊嗎？

伊薇特的出價登上新一道大關……讓梅爾文放下了號碼板。

就在此時。

（……咦？）

也許是錯覺。我感到列車一瞬間晃了晃。

剎那間，就像正中下懷一般，我身旁老師的表情活了過來。

他堂堂地舉起手。

「稍等一下。」

老師對全體拍賣會參與者如此宣言。

*

「我不同意休息第二次。」

拍賣師搖搖頭。

她嚴肅的態度，告訴我們第一次的休息也是例外。

不過——

「我並非要提議休息。這是涉及魔眼蒐集列車本身的建議。」

面對老師的話，拍賣師的氣息略有動搖。

在她的動搖尚未化為某些答覆前，一名女子自參加者座位上站起身。

「哎呀，怎麼了，艾梅洛閣下II世。難道你不滿意我的推理？」

為什麼呢？

法政科的女魔術師歪歪頭，看起來有點高興。宛如遲到許久的舞伴終於現身一般。

「嗯，若是那樣就好了。」

老師搖搖頭。

「即使邏輯上充滿漏洞，妳的推理本身並沒有錯。至少作為在這輛魔眼蒐集列車上發生過的事實，大體上都正確吧。正因為如此，希望各位能首先從那個東西看起。」

老師拋出話題。

一部分使魔竊竊私語，詢問這是怎麼回事。對他們而言，這是第一次聽說案件本身。不僅拍賣會突然中斷，法政科的人與老師又說起什麼推理，無法理解也該有個限度。

「卡雷斯，拿出來。」

「……！是！」

卡雷斯吞了一口口水，拎著那個皮包踏入車廂中央。

在群魔眼球庫堂堂地顯露出來的，當然是特麗莎的頭顱。不由分說地被迫理解列車上發生的狀況，使魔們一起發出騷動，奧嘉瑪麗則茫然地站了起來。

菱理眼鏡下的雙眸目光冰冷。

「你……」

「因為解決狀況需要用到，我擅自拿出來了。這又不是妳的所有物，沒有問題吧？對了，非法入侵房間一事還請原諒。」

老師若無其事地說完，仰望天花板上的眾使魔。

「不知道此一案件的各位，也請給我一些時間。我以現代魔術科君主的身分請求。」

當他這麼宣布，使魔們的氣息一瞬間一陣起伏。

不過，沒有人抗議。他們認為老師雖是個暴發戶，但君主與法政科之間的爭論不管是什麼事情都值得一聽吧。魔眼蒐集列車的工作人員好像也失去了堅決反對的意志。

「太感謝了。謝謝各位給予我寶貴的時間。」

老師頷首。

「那麼，我想從七年前的案件開始整理。那是與發生在魔眼蒐集列車上的特麗莎．費羅茲凶殺案酷似——經法政科封鎖消息的連環凶殺案。」

他簡要地回顧案情，似乎是順帶向用使魔觀察這裡的外部魔術師們做說明。

「當時的案件有一些部分疑點重重……不過共通之處，是所有被害者都遭到斬首，失去頭部。那麼，從這個情況可以想到什麼？」

「咦……」

集車廂內的目光於一身，老師緩緩地說出結論。

「他們死了。」

愕然的氣氛流過列車內。

會被形容成有天使路過的片刻沉默。

「喂喂，君主，這不是天經地義的事嗎？怎麼，你在展現幽默？還是在唸鵝媽媽童謠？」

原本旁觀的約翰馬里奧以一如往常誇張的動作聳聳肩。

不過，菱理反應不同。

她以帶著某種香氣的——我後來問過老師，遠東好像有在衣物上薰香的習慣——振袖遮住嘴角，簡短地回應。

「那是現代社會的問題呢。」

「正是如此。在現代只要有人失蹤，社會無論如何都會有所反應。無法無動於衷到放置欠缺不顧的地步。在從前，一個人失蹤這種程度的事情，當成被妖精誘拐就行了。但是現代沒有那種結尾。即使以沒找到人這個答案告終，也會徹底地進行搜索。畢竟社會已徹底資訊化，在未來也會繼續大幅提升資訊化程度。現在是任何人都能發送資訊的時代。雖然也有失蹤者周邊碰巧無人在意此事的情況，但那只是單純的巧合……不過，如此明確地發現屍體的話，姑且不論凶手，為何誰也沒想到要搜索被害者？」

「啊……」

我終於理解老師所說的內容。

但我還是疑惑，那有什麼意義？

當我歪著頭思考時，老師又往下說。

「我在特麗莎．費羅茲被遇害前與她交談過，我認為她太過熟悉某個遠東的儀式了。」

他刻意隱瞞聖杯戰爭這個名稱。

有幾頭使魔流露出懷疑的氣息，不過發生在遠東似乎就讓他們不太感興趣。老師以前也說過，聖杯戰爭應該是非常冷門的儀式。

「如今試著想想，這是她為了自己死亡之際預先留下的暗示。如果沒發生任何事，當成普通的閒聊就行了。如果出了事，她所說的話即使當不了線索，也將成為尋找線索的契機。她的未來視是預測。雖然與測定不同，有可能避免悲劇的未來，但她應該看見了發展至悲劇的可能性。」

老師觀察現場的反應——

「同時，她藏起自己的頭顱有兩個目的。」

豎起兩根手指。

首先，他折下中指。

「第一個目的是留下自己的死與七年前案件有關的死前留言。由虛數魔術製造的次元空隙中，時間的流動失去意義。她應該是盤算，這樣說不定至少能留下一句話。」

這個理由很容易理解。畢竟正因為那段死前留言點名了卡拉博，卡拉博才被認定為凶手。

正當我勉強領會這一點，老師折下食指。

「至於另一個目的，是避免自己的魔眼被利用。」

「避免魔眼被利用？」

奧嘉瑪麗好像赫然察覺了什麼，重複一遍。

「……意思是說，你認為七年前的被害者……」

「沒錯，七年前案件中的被害者——我不知道是否全體都是，但應該是魔眼的持有者。」

老師的結論，讓列車內再度掀起與拍賣會時相同的狂熱。他揭曉魔眼持有者連環凶殺案這種可怕的過去，強行激起了全體魔術師的關注。

相對的，奧嘉瑪麗從不同的方向切入。

「不過，只有這輛魔眼蒐集列車才能摘除魔眼移植給他人吧。儘管在其他地方並非不可能實行，但成功率太低了。你說利用魔眼，是想表達這輛列車從七年前起便是幫凶嗎？」

「怎麼可能。」

老師搖搖頭。

「所以，凶手才奪走整個頭部而非只奪取魔眼吧。」

眾人並未立刻理解他的意思。

困惑與疑問在車廂內摻雜在一塊，一陣子以後，終於化為奧嘉瑪麗低沉的呻吟。

「難道……你是指……那些頭部……」

「沒錯。從被害者身上拿走的頭部還活著。」

還活著。

老師說出令人難以置信的話語。

「這並不難懂。只要能確保大腦與眼球與連接的路徑，即可發動魔眼。畢竟魔眼有獨立的魔術迴路。不需要四肢、內臟和神經吧。當然，這麼做需要術具與魔術來保障血液等條件，不過切下狗或猿猴的頭部，靠人工心肺使其生存這種程度，幾十年前的科學技術都做得到。若是優秀的魔術師，要達成應該會更輕鬆吧。」

所有人都滿臉難以置信地聽著老師淡淡地繼續說明。

存放在群魔眼球庫——牆壁上的無數魔眼突然全都發笑的錯覺襲擊了我。剛才的推理便是如此駭人。我好想立即癱坐在地上嘔吐。

「總之，僅讓被害者的頭部存活就可以使用魔眼。這樣魔眼持有者無法逃脫，也不會反抗。不必使用魔眼蒐集列車，又能隨心所欲地利用複數魔眼。雖然就連以魔術師的標準來看，這種方法也很不人道。啊，既然收集了這麼多魔眼，調查遠東的儀式也是小事一樁吧。」

「…………」

人人都沉默不語。

即使是魔術師，誰會想出那樣的主意？誰會想到，斬首是為了讓人誤以為被害者已經死亡，只利用被害者的頭部呢？

而且，這是為了調查聖杯戰爭是怎麼回事？

「等一下。」

奧嘉瑪麗制止道。

「依照你剛才的主張，特麗莎……」

「沒錯。特麗莎・費羅茲與七年前的案件有關。而且是凶手那一方。」

奧嘉瑪麗愕然得說不出話。

連在旁邊聆聽的我都免不了大受衝擊。原先以為單純是案件被害者的對象，卻在更慘烈的過往案件中與凶手方有關，這叫人怎麼相信？

奧嘉瑪麗無力地癱坐在椅子上。

「那麼……特麗莎她……為什麼……」

少女並未否認。她父親談論過的聖杯戰爭知識在阻礙她這麼做。若非如此，她父親是怎麼收集到大聖杯沒有用處等訊息的？

可是——

「妳好像誤會了。」

老師溫柔地說。

「雖然與凶手方有關，但我沒有說特麗莎或令尊是凶手。倒不如說，她應該是想知道七年前的凶手是誰。」

「這是……什麼意思……？」

老師開導抬起頭發問的奧嘉瑪麗。

「天體科多半為了調查儀式委託了外部的合作者，不過對方應沒有透露調查的手段。身為君主的令尊可能隱約察覺到了，不過如果已被詳細告知內情，我不認為特麗莎小姐事到如今還會試圖接觸卡拉博先生。」

「和卡拉博。」

菱理複述那個名字。

「方才，你說我的推理大體上是正確答案吧。總之，你想說七年前案件的凶手也是卡拉博・佛藍普頓嗎？聖堂教會方的調查員若是凶手，案情當然會進入迷宮了。」

「在某種意義上沒錯。多半是憑藉與這個種類近似的禮裝吧。」

老師碰觸自己的眼鏡。

「魔眼封印……？」

「將魔眼純粹作為魔術討論時，那本來是極為原始之物。畢竟魔眼對人類而言是最古老的魔術。因此作為神祕力量強大，不過世界各地也設想出幾種對策。舉例來說，這個也是其中之一。」

他從懷中取出一樣小物品。

那是在奧嘉瑪麗那邊發現的眼球狀飾品。青色玻璃中心描繪著形似眼球的紋樣。

「這是稱作惡魔之眼的土耳其護身符。是特麗莎連同自己的頭顱一起用虛數術式藏匿的東西。」

老師回望著菱理。

就像在強硬地告訴她，這是妳推理時並未公開的東西。

「回望魔眼的魔眼。這是最簡單易懂的對策吧。基於類似思維，印度與東方一帶也誕生了某種魔術研究——根據研究內容，據說萬物都具有可視力。」

「可視力……嗎？」

因為沒什麼頭緒，我也忍不住插口。

「沒錯，這種思想認為，正因為有可視力，人才得以看見事物。以科學來比喻，可以說是反射光的能力。天使與佛像背後有光環（Halo），即出於這種概念。正因為擁有更強大的可視力，他們才能成為引導人類的存在。更單純的說法，還有氣勢或領袖魅力等等吧。一種強行吸引目光的能力。」

觀看與可觀看。

注視力與可視力。

從前以為理所當然的事情，以魔術之名反轉。扭曲。

「在這個情況，可視力與像魔眼封印的鏡片這種直接阻擋魔眼效用的禮裝相比，單純的防禦效果較為遜色。縱然如此，對魔眼而言依然等於天敵。畢竟這種能力能在對方沒意識到時，將意料之外的訊息灌輸進腦海。這些訊息有各種應用方式。」

老師拿起剛才的惡魔之眼，以一定的節奏轉動給我們看。

我感到頭暈目眩。

當我按住額頭，老師朝我點個頭補充說明。

「……比方說催眠術。什麼閾下效應也包含在內吧。雖然這是在現代科學經常遭到否定的題材，在魔術的領域，早期的梅斯梅爾催眠術（註：十八世紀提倡動物磁力說的維也納醫師梅斯梅爾（Franz Anton Mesmer）開發的治療程序，為現代催眠術的濫觴）是有效的。在眼前晃動擺錘，也可以說是可視力的應用。」

我記得梅斯梅爾催眠術，應該是作為現代催眠術起源的體系。

我也曾在現代魔術科的課堂上聽過。那好像是一種論點可疑的超自然研究，認為從天體中散發出的「流體」為百病之源，因此要運用動物磁力來治療患者云云，不過實質上是影響對方潛意識的催眠術。

「注視力越強，越會在潛意識中受到可視力誘導。暗示在魔術中是初級技術，不過將這些組合起來，將具備無法斷言為初級的效果。正因為身為強大魔眼的宿主，才難以反抗這種可視力。更何況是對自己的注視力缺乏足夠自覺者，很可能令人驚訝地輕易中招。」

「你想說卡拉博受到催眠的操縱？」

菱理疑惑地問。

「這不也符合妳的推理嗎？先前談到沒有動機的時候，妳說過該不會是魔眼失控導致的。關於卡拉博先生由於某種因素被剝奪意識的可能性，妳反倒是持肯定態度才對。」

菱理當時的話絕非肯定的意思，只是針對老師指出的癥結讓事情前後說得通而已，到了此時卻顯示出奇特的一致。

老師環顧周遭。

他一邊確認自己的論述滲透到眾人之間的狀況，一邊謹慎地往下說。

「特麗莎．費羅茲多半知道她會在魔眼蒐集列車上遇見卡拉博。用她的未來視預測到和他的相遇，應該不怎麼困難。

只是，她沒看到自己直接遇見計劃七年前案件之人的未來。正因為如此，她才打算利用卡拉博尋找對方吧。特麗莎也考慮到他被暗示操縱的可能性，於是備妥方才的惡魔之眼等禮裝，準備潛入他的潛意識。」

老師十分徐緩地說明。

一聲鬱鬱不樂的嘆息從輪椅傳來。

「這正是她的失敗。」

他這麼斷定。

「真凶多半想到了特麗莎會這麼做。不過，他也推測要直接處理她很困難。畢竟對方有未來視能力，可以預測到絕大多數的襲擊……不過，超越時間軸來自過去的利刃是未來視的死角。」

扭曲時間軸出現的斬擊路徑。

老師說，縱使靠未來視也無法避開來自過去的攻擊。我總覺得明白那個理論。未來視注視著現在的前方。宛如泡沫般從過去浮現的死亡之影，無疑在觀測範圍外吧。

「所以，那個人在特麗莎盤問卡拉博之前先行操縱了他。啊，實際上特麗莎・費羅茲好像還攜帶了其他因應魔眼持有者(Holder)的禮裝，不過我們只找到由虛數術式藏匿的惡魔之眼，大概是因為其餘禮裝都被真凶俐落地報廢了。儘管是較為少見的用法，但具備這方面知識的魔術師，要與可視力的概念連結起來並不困難。」

（啊……）

和特麗莎初次相見時，我看到的猥褻物品便是這類禮裝嗎？

比方說，我聽說向魔眼展示醜陋之物，好像是應對魔眼的方法之一。那也是對注視力灌輸不快的訊息，以防止詛咒的一類做法吧。

「就算如此，特麗莎小姐還是在死前的一瞬間發覺了。即使看不見來自過去的利刃，她應該單獨看到了自己會死的事實。哪怕只剩下發動一小節虛數術式的時間。縱然無法免於喪命，她也給後繼者留下提示。那想必是因為她不願讓七年前未解決的案件擱置下去。奧嘉瑪麗小姐，她將次元口袋調整成妳可以開鎖，一定是希望唯獨妳要得知真相。就算是僅僅知情都有可能面臨危險的真相，她相信妳一定能夠好好處理吧。」

老師感慨地說。

片刻之間，沉重的寂靜低垂籠罩群魔眼球庫。奧嘉瑪麗雙手放在胸前握緊拳頭，肩膀顫抖著。先前並未察覺的隨從的想法與選擇，如今傳達給身為主人的少女。

「……小傻瓜瑪麗，挺直背脊。」

少女悄然呢喃。

我不知道她為何在此刻說出那樣的話。不過，我想那是對特麗莎和奧嘉瑪麗而言很重要的一句話吧。

然後──

「真希望能快點講完耶。拍賣會都到尾聲了。」

伊薇特嘟嘴抱怨。

她感到不滿，是因為有自信自己會拿下「寶石」魔眼吧。實際上從剛才拍賣會的狀況來看，她的確即將得標。

（難道說……）

懷疑從我的腦中閃過。

（那麼……難道說，伊薇特小姐她……）

想像讓我的心臟撲通狂速。

冷汗冒個不停。就算坐著，三半規管好像被攪拌得不斷打轉。我甚至有種這輛列車正在扭動旋轉的錯覺。

與我的情況無關，伊薇特越說越激動。

「基本上，老師到頭來想說誰是那個真凶？你帶來特麗莎小姐的頭顱展示給大家看，不過這跟剛剛的推理有什麼關係啊？」

「……嗯，關於那個，是這麼一回事。」

「咦？」

當伊薇特愣愣地皺眉之際。

一道白光掠過車廂。

卡雷斯手中的頭顱突然發出光芒的漩渦，像鎖鏈般拘束少年的四肢，將光芒外界與內側阻斷開來。

「老……師……？」

「儘管是咒縛用的魔術，真了不起啊，菱理小姐。換成我怎樣也做不到。」

那句話令我雙眼圓睜。

不只如此——

「謝謝。」

菱理也像是認同地道謝。

直到剛才為止應該都透過推理對立的兩人，十分相配地四目交會。

「妳連使魔的五感都封住了？我沒委託妳這麼做。」

「我不喜歡出現在群眾的流言蜚語中。」

菱理回答。

原本在天花板附近關注情勢的使魔們，被剛才的白光照射後僵住不動。那多半是附屬發動的術式，但使魔與魔術師不同，魔術迴路不算發達，看來那種程度的術式便足以限制它們。

被白光鎖鏈綑綁的卡雷斯喘著氣開口：

「老師，這是……怎麼回事？」

「正如你所看到的。我與菱理小姐共謀構陷了你。」

老師輕易地承認了。

接著，他向自己的弟子——卡雷斯・佛爾韋奇宣告。

「——你就是操縱卡拉博・佛藍普頓，殺害特麗莎・費羅茲的真凶。」

4

老師的告發，清楚地在群魔眼球庫內響起。

突然告發弟子的君主，讓參加拍賣會的魔術師們失去冷靜，列車工作人員也不明白發生了什麼事，僅僅關注著情勢發展。被剝奪五感的使魔們，依然像石像般僵硬不動。

「怎麼……會……老師……」

我也實在難以接受，正想站起身。

此時，有人偷偷走過來從背後拉住我的手臂。

「不行，別靠近他，格蕾小姐。」

（咦？）

我一陣茫然。因為連我也沒發覺對方是何時進入群魔眼球庫的。我頂多只在剛才術式發動的瞬間分心過，他多半是趁此時機溜進來……想到此處，一件截然不同的事搶走我的注意力。

因為，抓住我手臂的人物是——

*

「老師，你說什麼——」

被白光鎖鏈綑綁的卡雷斯淡淡地笑了。

他的表情彷彿在說這是個玩笑，可是確認過老師的宣言與結界都文風不動之後，他困惑地搖搖頭。

「呃，你是認真的？」

「當然了。」

「看來你無論如何都認定我是凶手，不過光靠推測在這裡是行不通的。你也明白吧？」

「正是如此。在只有魔術師的地方，單靠法政科的強權也能通用，然而魔眼蒐集列車是死徒的領域。因此不只推測，還需要足以說服列車人員的物證。舉例來說，就像菱理小姐在等到取得頭顱的死前留言與代理經理的發言後，才識破卡拉博的魔眼能力一樣。」

老師承認這一點，轉向背後。

「所以，我也等著他。」

在我的正後方，剛才拉住手臂攔下我的人。

「你趕上了。」

「趕這趟路實在很費力啊，老師。」

一頭捲髮搖曳，少年將歪掉的眼鏡推回原位露出苦笑。

連那抹笑容的形狀，都跟被限制住的對象一模一樣。為何會發生這種事？靠我的腦子怎麼也無法充分理解。

「既然我站在此地，至少決定性地證明了你的偽證。」

他向被鎖鍊綑綁的對象宣言。

那也是當然。原本癱坐在椅子上的奧嘉瑪麗終於忍不住呼喚那個名字。

「……卡雷斯．佛爾韋奇。」

沒錯，新出現的少年同樣是卡雷斯本人。

現場掀起一陣掌聲。

即使在這種情況中，仍然宏亮愉悅。

「真有你的，韋佛！」

梅爾文還在鼓掌，放聲大喊。

純白的青年開朗地笑著，向老師送出發自肺腑的讚辭。在拍賣會上奮鬥到極限的調律師擺脫所有咒縛，為自由大呼痛快。

「原來如此，這可真愉快！真痛快！我一點也不明白情況是怎麼樣！雖然這一幕的價值確實足以讓我冒差點傾家蕩產的風險，這到底是怎麼回事！你到底用了什麼魔法！」

「你好歹身為魔術師，別輕易說出魔法兩字。」

面對謎團招來更多謎團的奇異場面，老師苦澀地撇撇嘴角。

「實際上非常危險。雖然我認為在舉行拍賣會途中不會有人察覺萊涅絲的接近，同時卻被迫與時間賽跑。魔眼蒐集列車的拍賣會是絕對的。一旦確定得標，無論之後曝露多少違規行為，交易依然成立。如果事情變成那樣，實在對不起卡拉博先生與特麗莎小姐。最重要的是，我的自尊無法容許。」

他從懷中取出雪茄盒，將雪茄叼在嘴邊。

平常老師會拿火柴緩緩地炙烤，唯獨這一次卻是打響指點燃雪茄。據說對老師而言，這樣做比起以魔術起火更接近於使用打火石，但這或許是他心境失去從容，沒有餘力像平常一樣用火柴的緣故。

老師深深坐進輪椅，呼出煙霧。

「貸款給伊薇特的人也是你吧。」

他指出這一點。

「我承認。」

相對的，卡雷斯——不，假扮卡雷斯的少年承認道。

「取而代之的，我也想問幾個問題。你是怎麼把真正的卡雷斯弄來這裡的？老實說，我原以為即使在最後關頭形跡敗露，若是電話或通訊魔術還有辦法矇混過去。」

「那當然是因為我的努力。」

群魔眼球庫的門扉嘎吱一聲再度開啟。

一名熟悉的少女自門後現身，炯炯有神的雙眸在金髮的縫隙間燃燒著。她大概覺得現在不需要點眼藥水以掩飾眼眸的顏色吧。

「因為關愛兄長的義妹，用飛行魔術千里迢迢一路飛了過來，希望你務必告訴大家這個美麗的事實喔，我的兄長。」

萊涅絲手持陳舊的掃帚，聳聳肩說道。

但是，她的眼睛底下浮現明顯的黑眼圈。對於無從掩飾的疲勞，她用力擦拭臉頰一帶，以尖銳的聲調逞強地說。

「我也是女魔術師的一分子。只要準備掃帚與魔女的軟膏，就能穩穩地飛過來。」

「飛行魔術？可是，我記得那個……不是非常困難嗎？」

我想起老師說過的話。

就算用魔術，人類要單體飛行也難如登天。雖然女魔術師在幾個條件齊全的情況下會變得相對簡單，但相反地處於飛行的迷幻狀態中，幾乎不可能飛抵魔眼蒐集列車。

不過，聽到那番話的假卡雷斯說出某個字眼。

「我看是橙子旅行吧。」

「成紫……履行？」

這個有些耳熟的字眼讓我愣住，老師閉上一隻眼睛。

「那是一種相當作弊的方法。事先設定飛行目的地，然後像拉開超長距離的橡皮筋一樣使術式成立。畢竟有術式從目的地持續牽引，不管進入迷幻狀態還是怎樣，只要讓魔力保持穩定就會確實成功。不過，這種方法和在空中飛翔的幻想會想像到的憧憬及自由相距甚遠。啊，很像那個冠位魔術師蒼崎橙子會想出的詐術。」

「…………」

沒想到會在這種場面，再度聽見那位女魔術師的名字。

這代表我在拍賣會尾聲時感受到的一絲搖晃，是他們重重撞上魔眼蒐集列車的衝擊嗎？

「啊，我帶著設定用的標記！」

梅爾文以滑稽的聲調說著舉起手。

「不，我心想小萊涅絲搞不好會追上來～邀請函上也寫了最多允許帶兩人同行，沒關係吧？」

青年戲謔地東張西望看著工作人員，但包含撞上魔眼蒐集列車一事在內，似乎暫且沒有人表達不滿。

確認這件事以後，老師開口。

「車掌說過魔眼蒐集列車將用四天三夜繞行霧之國一周後返回倫敦吧。雖然碰到意外，第三天舉行拍賣會時到倫敦的距離理應剩下半天左右的路程。再加上拍賣時刻會被延遲到極限，更是如此。」

「哎呀，我聽到消息時很驚訝喔。」

萊涅絲照老樣子從鼻子裡哼了一聲。

「突然打手機聯絡我，告訴我真正的卡雷斯應該在倫敦這邊，快去找人。我請史賓回來慌忙展開搜索。那傢伙的鼻子果然優秀，不用一小時便找到了在廢墟昏睡的卡雷斯。」

「從我的角度來看，本來在家中睡覺卻不知不覺間躺在廢棄大樓裡，我還以為有人讓我產生幻覺了。不只如此，居然在睡夢中足足跳過了好幾天。」

卡雷斯咬牙切齒地瞪視冒牌貨。

聽到這些話，我總算模糊地理解了情況。卡雷斯在搭乘列車前已經被冒牌貨掉包。老師發覺之後，緊急透過萊涅絲找來真正的卡雷斯。

可是，事態實在太令人眼花繚亂。

理解接連灌輸過來的訊息，讓我耗盡全力。

「……原來如此，史賓找到了他？」

結界內的冒牌貨搔搔臉頰。

「他是我唯一提防的對象。卡雷斯・佛爾韋奇與艾梅洛閣下II世的師徒關係才建立短短幾週，我判斷多半能夠矇混過去，不過唯有他的鼻子很難騙過。因為他前往第一科(密斯提爾)上特別課程暫時不出席，我認為這是個良機。」

冒牌貨十分沉著地自白。

「那麼，你和菱理小姐決定聯手，是在發現我是冒牌貨的時候？」

「沒錯。即使與萊涅絲聯絡後明白你是冒牌貨，我也沒有能力安全地除去你。如果告訴格蕾與梅爾文，他們在態度上會露出端倪。可以順利騙過你的人選只有菱理小姐。若要暗中設置咒縛用的魔術，特麗莎小姐的頭顱是第一選擇。不過，她告訴我在拍賣會上無意合作，過程可是讓我心驚膽戰。」

那一定是在老師與卡拉博談話，發現了某些事情的時候。

當老師喃喃說著「另有其他用途」，先行離開房間之際，他告訴跟在後面的我留下等候，獨自去了別處。後來他不到幾分鐘便歸來，我們再前往奧嘉瑪麗的房間，沒想到他竟然完成了那樣的交涉。

唉～冒牌貨朝天花板吐出一口氣，問起另一個問題。

「對了，你從哪裡發現的？我自認大體上完美地模仿(Trace)了真正的卡雷斯．佛爾韋奇。」

「你的模仿很精彩。多半是降靈術的應用？附身經驗之精湛叫我驚嘆不已。在我所知範圍內，你幾乎一字一句都沒有出入，真正的卡雷斯．佛爾韋奇應該也會說出同樣的話、採取同樣的行動……僅僅除了一點之外。」

坐在輪椅上的老師抬起食指，輕輕按在胸前。

「我的治療。」

「唔。我明明很有自信配合了卡雷斯．佛爾韋奇目前的技術。」

當少年不滿地噘嘴，老師像平常授課時一樣頷首。

「關於原始電池方面很完美。治療時連我的指導習慣都查得一清二楚。不過，卡雷斯對藥草術經驗尚淺。萬靈藥原本也是植物，接觸到電力會變質。然而，治療卻靈活運用了萬靈藥與原始電池兩者，以他的技術來說太過出色了點。」

「……糟糕。」

少年誇張地向後仰頭。

「哎呀～那時候我很焦慮。我並未計劃讓老師死在此處，沒料到那名使役者下手會那麼狠。不管怎麼說也是一派的君主，就這麼死了未來會造成很大的麻煩。不，即使靠卡雷斯的技術你也有八成機率得救，但兩成的失敗風險高到無法忽視對吧？」

我感到當他說出使役者一詞時，老師的呼吸微微顫抖著。老師似乎吞下動搖的心情，以堅定不移的口吻繼續說道。

「你是在向我提出想搭乘列車之時，與真正的卡雷斯掉包的嗎？」

「啊，不，因為他本人在場，你也可以找他確認，卡雷斯是真的想搭乘魔眼蒐集列車。如果沒有我阻撓，我想他大概會提出同樣的請求。不然也騙不過你吧？不，如果假扮與你相處已久的弟子難免會露出破綻，卡雷斯正好適合當調包對象。唉，雖然我也準備了那種情況的因應方法。」

假卡雷斯害臊地笑了笑。

他的笑容明明與真面目敗露前完全沒變，看起來卻截然不同。我無法忍受那個笑容，終於也忍不住插嘴。

「那你談到關於姊姊的往事……是怎麼回事？」

「啊，那些事也統統是真的。人類在想像他人的性格時，會將表情、過去、對話等隨意取得的訊息片段拼湊起來，擅自想像『原來如此，所以這個人是像這樣』對吧？正因為收集齊全那麼多訊息，我是卡雷斯這件事才難以被人懷疑。」

他說得很對。正因為那段關於姊姊的往事很逼真，卡雷斯搭乘魔眼蒐集列車的動機齊全，我才會毫不起疑。

此刻，冒牌貨的告白讓真正的卡雷斯．佛爾韋奇渾身一顫。

好像是「關於姊姊的往事」這句話讓他有所反應。我滿心歉疚。我沒有先確認過，就踐踏了對他而言十分重要的隱私、他前來鐘塔的理由的開端。可能的話，我很想馬上道歉，然後堵住耳朵閉上眼睛躲起來。

接著，老師的視線轉向另一名學生。

「妳洩漏了我們的情報吧，伊薇特。」

「東窗事發了？」

這邊的少女也為難地皺起眉頭。

「我在擔任梅爾阿斯提亞派的間諜以前另有別的工作，受到這邊的雇主不少幫助。這次他允許我在移植前調查得標的魔眼。」

像這種情況，該不該稱作雙重間諜？

試著想想，伊薇特的魔眼應該能進行感情視。如果她並非共犯，那人假冒卡雷斯的事情想必會輕易敗露。

無論如何，貸款給伊薇特的人弄清楚了。

老師稱作敵人的對象，一定也是——

只是，我很恐懼。

我害怕這個在冒牌貨身分曝光後依舊微笑，笑中帶著寒意的人。

老師再次問冒牌的卡雷斯。

「你是誰？」

「你不是已經料到了？」

當冒牌貨歪歪頭，老師既未同意也未否認。

「那根本不是什麼推理，僅僅是直覺。不該說出來。」

「不過，你有種直覺。那對我們而言就夠了吧？你又不是偵探。別害怕，試著說說看。乾脆這樣，作為回禮，我答應在你猜錯時揭露真實身分。」

冒牌貨語出驚人。

他太過露骨地拿自己的真實身份當成交易材料。雖說已經被咒縛結界擒獲，那種提議對他到底有什麼好處？

「…………」

老師閉口沉默半晌。

他也閉上雙眼，唯有雪茄煙霧冉冉升起，當他沒多久之後張口時——

「提示很充足。」

呢喃聲響起。

「七年前，關係足以接到天體科君主的調查委託，即使君主隱約察覺他涉及凶殺案也沒有干預的人物。籠絡伊薇特，為了讓她標下魔眼提供龐大資金的人物。持有現代魔術科所有的資料，足以冒充只不過是學生之一的卡雷斯……而且，打得開存放聖遺物的保險櫃魔術鎖（Mystic Lock）的人物。」

聽到他逐一舉出的因素，冒牌貨頷首。

老師拿起叼在嘴邊的雪茄，簡直像拿著一把鑰匙。用來解開錯綜複雜的謎團，唯一的一把鑰匙。

隨著雪茄前端的火光搖曳，老師說出答案。

「你打得開保險櫃是當然的。因為那個保險櫃從一開始就是你製作的物品。現代魔術科的前任學部長。」

我的感覺就像後腦杓遭到重擊。

沒錯。我應該察覺的。不只保險櫃，這次的對手太過熟悉現代魔術科了。再加上暗示魔術雖說是初級魔術，梅斯梅爾催眠術不是近代的技術——即現代魔術的範疇嗎？

「這是正確的稱謂。因為我並非君主。」

冒牌貨回答。

「在你到來以前，現代魔術科便已存在。只是現代魔術科雖然被列入作為鐘塔主軸的十二科，卻沒有負責的君主。僅僅是鐘塔因應時代需求而設置的擺設。十二家之中的任何人，都沒把那種玩意兒當一回事。頂多認為能因此多增加一點新世代(New Age)，當成方便的勞動力就行了。嗯，所以聽說在我離開以後，那個重振艾梅洛教室的君主接下現代魔術科，我不由得滿心雀躍，心想這搞不好會改變些什麼。」

少年笑得燦爛如花。

卡雷斯絕不會露出那種笑容。

「因此，我不由得想近距離瞧瞧新任學部長的做法。」

✦ 第五章 ✦

1

冒牌貨面帶笑容地眨眼。

他反覆眨了第二下、第三下……到了第五下時，我所知道的少年消失無蹤。

「失禮了。花了一點時間結束術式。」

一個非常陌生的人物開口。

他個子很高，一頭彷彿在燃燒的紅髮與白皙肌膚的搭配令人印象深刻。就連他穿著的衣服，都變成如大海般湛藍的西裝。我看不出他的年齡，從二十幾歲到四十幾歲，不論他說出哪個數字我恐怕都會接受。不過，唯有他唇角那抹燦爛如花的笑意，我想將會有好一陣子難以遺忘。

因為明明是那麼柔和又平靜的笑容，卻讓我害怕。

理由不得而知。

「…………」

至今被他喬裝假扮的卡雷斯，面對那個身影壓抑困惑。

強忍疲勞的萊涅絲搗著嘴關注狀況。

連應該終於和凶手對上的奧嘉瑪麗，也沒辦法出言譴責。

伊薇特摀住臉龐暗叫不妙，約翰馬里奧發出短促的呻吟——法政科的菱理失去表情。

「真是高水準的變身術。甚至連西裝也不例外嗎？這原本是動物科(奇美拉)的領域，前任學部長涉獵了很多魔術啊。」

老師開口。

所謂變身術，總之便是童話中女巫把被害者變成青蛙的那種魔術。依術式而定，好像有些是強大的詛咒，有些是高水準的古老魔術，但我並不清楚細節。此人——現代魔術科的前任學部長似乎掌握了那種術式。

在結界裡，前任學部長輕輕點頭致意。

「舊識都用哈特雷斯博士(Dr.Heartless)這個名字稱呼我，如果你們也這樣叫我，我會很高興的。」

「哈特雷斯……」

面對從未停止微笑的男子，我忍不住喃喃地說。

於是——

「……我曾聽說他的心臟被妖精偷走了，所以才取這個名字。」

身旁的梅爾文小聲地向我耳語。

看來連並未直接置身於鐘塔權力鬥爭中的他也聽過那個名字。

（……被妖精偷走？）

對了，我想起在魔眼蒐集列車停車之處，也殘留著妖精之環（Fairy Circle）。據說妖精也有使魔及幻想種等數個種類，不過有一些關於妖精的神祕現象，至今鐘塔也尚未給予定位。

天真無邪的部分，有交換鞋子、自行替人打掃住宅等等。

嚴重的部分，有替換兒（Changeling）及神隱。

據說大多數遭妖精誘拐的人類，都無法重返名為現代的常識（Texture）。

連魔術都無法觸及的遙遠彼岸。

或者，是他們盼望不已的深淵之子。

「據說現代魔術科的學部長從前被妖精擄走，沒有找回失竊的心臟。因此他的綽號叫哈特雷斯。雖然是十二主要學科中唯一不是君主的學部長，其神祕不可輕忽……那是將近十年前的事情，我完全忘掉了。」

聽到梅爾文這番話，我也咬住下唇。

此人連在鐘塔都遭人畏懼，擔任過一個學部的首長——最重要的是，身為老師前一任的現代魔術科管理者的事實，讓我感到喉嚨刺痛。

老師感慨地說：

「沒想到會在這種地方遇見你。」

「你繼任學部長時，我無法到場嘛。因為當時我已放棄了鐘塔。」

哈特雷斯笑咪咪地說。

他的態度看起來好像打從心底為這次邂逅感到欣喜。或者是打從心底覺得無關緊要。也許兩者是同一件事。

「對了，你的推理還沒講完不是嗎？那是你最講究的部分吧。沒錯，Whydunit怎麼解釋？」

為何犯下那個罪行？

為什麼就算是犯罪，也不得不去做？

這次老師坦率地開口。他說不定是連反駁也嫌麻煩。

「這個案件是殘骸。」

他斷言。

「因為你早已達成本來的目的了。」

「你說什麼！」

約翰馬里奧怪叫一聲，抵住太陽穴。

「這傢伙的目的是得到『寶石』位階的——泡影魔眼吧！因此才在這次拍賣會上揮金如土地砸錢不是嗎？」

「魔眼終歸是附帶之物。他大概覺得能弄到手很好，但沒得到也無妨。儘管光是為了阻止附帶之物落入你手中，我可是被迫冒了很大的風險。」

老師苦澀地握緊雪茄。

然後——

「你接受天體科君主的委託調查的遠東儀式，是聖杯戰爭。」

他訴說道。

這次他之所以說出聖杯戰爭的名稱，應該是因為使魔們五感被封鎖，沒必要再隱藏。

「聖杯戰爭是七名魔術師召喚七名英靈，爭奪能實現願望的聖杯的魔術儀式。啊，對大多數魔術師來說，說是導致上一代艾梅洛閣下身亡的儀式更容易理解吧。考慮到時期，天體科君主說不定也是因為上一代的死而產生想調查的念頭。」

老師諷刺地撇撇嘴角。

「無論如何，根據調查的結果，天體科的君主似乎認為那個儀式中的大聖杯沒有用處。雖然我不知道根據為何，既然足以讓君主認同，那份報告應該無庸置疑。實際上，調查同時併用了多種魔眼進行，不難想像準確度之優異。本來在鐘塔就有很多意見認為，遠東的魔術儀式不可能建立真正的願望機。」

老師說的話讓我屏住呼吸。

頭部被切斷後，仍舊被迫任意驅使的魔眼宿主們。和那股遺憾成反比，他們的魔眼應該看穿了聖杯戰爭這個儀式的奧祕。

「同時，你在那場調查中應該也取得了其他訊息。與這次案件相關的訊息。」

「很好。非常好。真想在擔任學部長期間收到像你一樣的學生。」

哈特雷斯緩緩地頷首。

他們之間的對峙，和平常完全顛倒。形式是由喬裝學生的哈特雷斯（卡雷斯）發問，作為講師的老師答覆。

「你沒有說錯任何一點。請務必繼續。」

「……我無意討你歡心。」

「不過，你也想知道真相吧。有謎題（Myst）就想解體，對於像我們這樣的人種而言已是本能。無須客氣。盡情暴露出來吧。作為代價，我發誓一定會回答你的推論正確與否。我認為現在你需要這方面的確認，怎麼樣？」

紅髮男子像惡魔般逼老師推理。

看來也像央求想看戲劇後續的孩童。說不定兩者是同一個概念。

「面對同樣的訊息，天體科選擇放棄，你則引發這個案件，是因為目的不同。如同方才的供述，天體科的君主因為聖杯沒有用處而放棄了。那麼，你的目的顯然不在於此。沒錯，即使不清楚你最終的目的，我還是知道你在這個案件的目標。畢竟，我親眼目睹了那個結果。」

老師做個深呼吸。

然後他再度叼住雪茄，伴隨煙霧吐出答案。

「是英靈。」

他將答覆擺在對方眼前。

「你想召喚英靈作為使役者。」

「好極了（Excellent）！」

哈特雷斯碰觸西裝胸口，非常感慨地仰望天花板。

然而，那句話在另一個方向也產生了漣漪。

「等一下。英靈是說境界記錄帶？他真的召喚了那種東西？」

旁邊的約翰馬里奧毫不掩藏驚慌之色地開口。

菱理與梅爾文當然知情。

奧嘉瑪麗微微顫抖，老師或許也告訴過卡雷斯與萊涅絲，他們僅僅表情變得險峻。

列車方面的工作人員至少沒將驚愕表現在臉上。

至於老師並未回答。

因為哈特雷斯召喚了使役者是確定的事實。曾在列車車頂上邂逅、交手，迫使他現在得像這樣坐輪椅行動的對手。

「在我昏迷期間，聽說格蕾在腑海林之子中發現了某個種子。」

老師忽然將話頭拋向我。

嚇了一跳的我還沒說些什麼，老師進一步質問。

「設置那個種子的人，就是你吧？」

「哦？為何我會做那種事？」

「魔眼蒐集列車與腑海林之子——若這兩者配置於同一條靈脈上，必然會產生扭曲。例如，以紙張思考一下吧。在一張紙上下兩端各畫一個點，讓兩個點接近的話會發生什麼事？」

我試著想像。

當紙上的兩個點接近，紙張形狀受壓彎曲形成兩個凸起，中間的部分彎曲變形，出現相同深度的凹陷。

打個比方，形狀就像杯子。

「沒錯，會形成杯子。雖然實際上並非在中間點形成，兩股強大的魔力相剋的地點會發生如此劇烈的扭曲。在這種情況下，相剋的魔力越等質又等量越好。比如說，若兩者都是人稱高階死徒的存在留下的產物就十分理想。

當然，只有這麼做即使構成杯子或大釜，也並未構成聖杯戰爭的聖杯。雖然以一定水準的術式來操縱也可以適應大魔術，但要完成好歹能召喚使役者的亞種聖杯，還需要再做一兩件工作。例如，埋入作為小聖杯的禮裝來誘導扭曲的形式，或連接到在日本的大聖杯等等。」

老師他說……連接。

他拿雪茄的手指掠過。雪茄的紅色火光在群魔眼球庫內形成一道殘像。

「靈脈本身行經地球各地，也延續至遙遠的遠東。啊，為了整備靈脈，你或許收購了那附近的土地進行過開發不是嗎？」

「…………！」

我回想起來。

在逃離腑海林之子，與魔眼蒐集列車會合之際，周遭的土地奇妙地經過開發——卻又沒有特別建造新建築物的跡象。那時候我連感到納悶的時間都沒有，沒想到居然有那樣的含意。

「為了整備靈脈取得現實中的土地並不稀奇。無論在什麼時代、什麼國家，設立首都時自然都會這樣做。在東方，這種行為以奠基儀式、風水等形式至今仍然為人熟知。如果像這樣操控過沒有固定路線，在靈脈上行駛的魔眼蒐集列車，就可以事先固定列車運行的土地吧。還可以在列車行經之處準備腑海林之子不是嗎？同時連接遠在日本的大聖杯同樣可行。」

「了不起。這就是使艾梅洛教室一躍成為鐘塔知名特點的鑑定眼光？」

哈特雷斯打從心底地發出感嘆。

在白光結界中，男子動作有些幽默地皺起眉頭。

「我花了一整年才想到那個主意啊。聽完都喪失自信了。」

「這只不過是驗證答案而已。我不僅得到很多提示，再怎麼積累也比不上發現者或發明者的成就。啊，再補充一句，你召喚使役者的時機應該是第一天晚上。」

「你推論的根據是什麼？」

老師若無其事地回答哈特雷斯的問題。

「那名使役者說過，她叫你寫信引我赴約。就是在第二天剛展示過魔眼後，你拿來的那封信。這代表你在那之前便召喚了她——喬裝成卡雷斯的你，在這輛魔眼蒐集列車上只有第一天晚上才有那麼長的時間自由行動。」

（第一天……夜上……！）

我回想起那段時間，險些叫出聲。

當時我和卡雷斯——現在想想是冒牌的卡雷斯聊了一會兒，在他道晚安之後就寢了。那一夜老師的雪茄味聞起來很舒服，我奇妙地比平常更容易入睡。或者說，雖然這種情況經常發生，我認定是疲勞的影響，但那天早晨老師奇妙地很難起床。

「那個……難道是……」

「那可不是毒藥，只是讓人睡得更沉一點的藥物。」

哈特雷斯微笑著說。

當他揭曉內情，暴風雨在我胸中不斷盤旋。情況逐一以最糟的形式吻合了。居然會以這種形式開花結果，這些事情甚至都不曾出現在我的惡夢中。

那一夜，假扮卡雷斯的哈特雷斯召喚了赫費斯提翁。

那麼，召喚的地點在何處？

他說不定離開了魔眼蒐集列車。縱使下車，只須憑藉神威車輪即可輕易地再度接近。也可以趁著我們注意力放在赫費斯提翁身上時再次上車。

（不只……如此。）

我們與赫費斯提翁交手之際，卡雷斯感應到雷電中的魔力提來……他這麼告訴我們。因為他一直在修習原始電池，我也覺得這個解釋說得通。然而，一切統統都是假的。是欺騙。

當時，喬裝卡雷斯的哈特雷斯是抱著什麼心情救助老師，施行治療術式的？

老師遏制所有這些想法說道。

「總之，在這個案件中，殺害特麗莎與魔眼拍賣會對你而言都是附帶之事。在召喚出使役者的階段，你已經成功了。」

「正如你所洞察的。完美無缺。」

哈特雷斯展顏一笑。

老師無視那個笑容發問。

「既然成功，馬上離開不就好了，你為何不那麼做？」

「我方才也說過吧。因為我想見你。」

他的表情十分柔和。

「你為何假扮卡雷斯？」

「因為我想了解你。」

哈特雷斯宛如小鳥啼叫般說道。

老師之前斷言，這個案件的凶手是他的敵人。

然而，那名敵人極親暱地向他訴說著。

「越深入調查，我發現聖杯戰爭越有意思。人人都是活生生的。神話與傳說都按照原樣重現於現代。正因為是甚至對魔術師而言都不可能成真的童話故事，才讓我無比著迷。好像孩提時看過的夕陽一樣，我打從心底盼望，想要無止境永遠地追逐下去。」

夕陽一詞，不知為何深深打動我的心弦。

一點一點落入黑暗的緋紅風景。無論多久都可以一直眺望光線變化的時代。我總覺得這名男子至今還佇立於那片紅光中。他一直一直注視著夕陽，猶如突然發覺經過了數十年之久的沉睡農人（李伯）。

一個人影倏然闖了進來。

是魔眼蒐集列車的車掌。

「是你喚出了腑海林之子？」

「算是這樣。」

「魔術師之間發生衝突無所謂，但在判斷該行為危及本列車時，當事人將失去參加拍賣會的權利。」

這次換成拍賣師沙啞的嗓音響起。

「而與你共謀的伊薇特・L・雷曼，尚未確定得標的泡影魔眼也一樣。」

「咦咦咦！我也是？怎麼會！」

正當伊薇特驚聲尖叫之際，一條蛇從背後牢牢地纏住她。也許是為了不讓少女動用得意的魔眼，那條蛇細心地連眼睛周圍一起纏繞，轉眼間變成封印之布。

那是菱理的魔術。

正如她給人留下的印象，法政科的女魔術師似乎是用蛇來施術。

「我以法政科的立場收押兩位。」

「唉。事情果然變成這樣了嗎？」

哈特雷斯聳聳肩。

他也置身於強力的結界內，原本手中的特麗莎頭顱被他輕輕放在腳邊。

「……但這樣還不夠。」

哈特雷斯筆直地舉起右手。

我定睛凝視刻在他手背上的奇怪紋樣。我不由分說地被迫理解，那明顯能感受到魔力的紋路是非比尋常的神祕。

「若是你應該很清楚吧，艾梅洛閣下II世。這是令咒。與使役者之間的契約證明，僅限三次的絕對命令權。但用途不只讓使役者聽令，另有幾種應用法。」

「菱理小姐！立刻將結界——」

老師吶喊。

可是，哈特雷斯搶先高聲呼喚。

「我以令咒下令！前來——」

白光結界被更強烈的光芒打碎。

當我霎時間「強化」眼球，在零點幾秒內恢復視力時，異變已然結束。在粉碎得毫無痕跡的結界內部，哈特雷斯身邊出現一名女性。

所謂戰士一詞，指的正是她。

微捲的髮絲，只有編成辮子的一縷留得特別長，垂落在腳踝附近。一隻眼睛如大海般碧藍澄澈，另一隻眼睛如烏鴉羽毛般漆黑。由皮革與金屬製成的鎧甲實在太過時代錯誤，卻孤身一人堂堂地蹂躪這個時代。

面對她的英姿，菱理的呼吸首度變得紊亂。

「英靈……」

「竟然真的把境界記錄帶收成使魔！」

約翰馬里奧大喊。這個稱呼或許是魔術師所用的正式名稱。不管怎樣，唯一確然無疑的是，她甚至對於熟練的魔術師而言都是超越群倫的威脅。

女戰士悠然地回頭注視哈特雷斯。

「你總算呼喚我了，主人。」

「哈哈哈，因為君主說的故事非常有趣，我忍不住待太久了。」

「真無聊。」

赫費斯提翁唾棄地說。

明明是僅止於此的互動，周遭的魔術師們卻看得渾身凍結。

「這是……什麼……」

奧嘉瑪麗踩空幾步。

正因為身為君主之女，一直以來目睹過眾多濃烈的神祕，所以她才明白吧。

那些神祕與女子相差懸殊。她是強大、巨大、猛烈、不合理本身的具現化。

就連我也是，膝蓋正劇烈地顫抖著。在先前的戰鬥中，我切身體認到眼前的對手保有何等強大的戰力。被打得體無完膚的慘敗記憶困住我的手腳。

「……咿嘻嘻嘻，她來了！喂喂～格蕾，振作點！」

亞德小聲地激勵我。

儘管如此，光是不臨陣脫逃已讓我耗盡全力。我的狀態就像只用透明膠帶黏起早已屈服破碎的心，堅稱修補好了一樣。

「你活下來了？」

英靈望向老師。

那冷峻的雙眸，彷彿無須直接瞪視也能將連靈魂都為之凍結。

「我一直思考著關於妳的事情。」

老師低聲說道。

他絕非不畏懼她。那是當然的。對方差點在這輛列車上殺了他。留下的傷勢豈止沒有痊癒，更嚴重到迫使他不得不坐輪椅行動。

就算這樣，老師也壓下顫抖開口。

「我在思考妳是誰，使役者。」

「我報上赫費斯提翁這個名字了吧。」

「我是指職階。」

據說聖杯戰爭透過將英靈限定於特定層面，來降低召喚的難度。

例如，像劍兵(Saber)抽出了英靈持有聖劍或魔劍的一面，術士(Caster)抽出了英靈操控魔術的一面。

據說這些職階代替不能向對手透露的真名，作為通用的臨時暫稱。

所以，這名英靈揭露真名卻並未揭露職階，老師一直感到很不可思議。

「如今我明白那個含意了。」

老師從懷中取出一個信封。

曾放在現代魔術科房間的保險櫃中的邀請函。

「你不惜費工夫在保險櫃中放入邀請函，也要引我前來魔眼蒐集列車，是希望誤導亞種聖杯吧。」

他將那封邀請函舉在胸前往下說。

「你的確製作了亞種聖杯。即使沒有作為願望機的功能，也確保了足以召喚使役者的性能。在這個前提上，你為了進一步提升安全性將我引到列車上。有十年前的第四次聖杯戰爭中一度被承認為主人的我在這裡，聖杯也容易發生誤判。而且你還像這樣偽裝有令咒，以杜絕我成為主人的可能性。」

老師指向刻在哈特雷斯手上——現在已失去一畫的令咒說道。

「但這仍然不夠。因為在真正的聖杯戰爭中所用的職階框架是固定的。就算藉由連接大聖杯模仿某些功能，你並非入侵了大聖杯本身。既然無法以相同框架召喚英靈，你不得不追加（Extra）做出新的職階。」

追加職階。

在原本聖杯戰爭所用的七個職階之外。

「你用的是假冒的概念吧？」

我忽然想起奧嘉瑪麗說過的話。

──「統統都是。在這趟列車之旅中接觸到的一切，全都如殘像一般。」

被那句話震撼的老師，說那是第二個零件。是證實推理的決定性齒輪。

「聖杯也是假造的。主人也是假冒的。令咒也是假造的。一般情況下，這樣胡鬧的術式不會生效。然而，如果職階本身即為象徵冒牌貨的職階呢？對，總之就像是一種文字遊戲。也可以說是騙術吧。不過，魔術本來便誕生於文字遊戲與騙術中。否則的話，我們甚至不被容許稱塔羅牌是世界的象徵並運用它。」

那的確是騙術吧。

老師所說的意思，是既然一切皆為假造的，那編寫利用假造這件事本身的魔術就行了。明明是從根本上就亂七八糟的邏輯，我卻覺得非常合適。所有的神經都告訴我，老師說的是正確的。

「這代表……這個英靈是……」

「沒錯，應該是偽裝者之類意義的職階吧。」

「看樣子我們命名的嗜好很契合。」

哈特雷斯苦笑著說。

他按住藍色西裝胸前的口袋附近，承認老師的推論。

「正是如此，我將新職階命名為偽裝者。」

Faker。

偽裝者。

新的追加職階。

「這個職階是用來召喚英靈作為冒充者或替身的一面吧。你想隱瞞這件事。所以她並未說出職階，僅僅自稱赫費斯提翁。沒有解放寶具真名也是出於那個理由吧。」

老師說完後，重新望向女戰士。

「……那麼，你認為我是誰？」

英靈肅穆地問。

原本無論是列車工作人員或魔術師們，都不會坐視他們像這樣交談。直到剛才為止的情況不同，哈特雷斯與女戰士都沒有被結界封鎖。可是對方的戰力太過強大，他們也無法隨意出手。只有一個人的神祕，如今高漲著足以籠罩魔眼蒐集列車全體的敵意。

老師咬緊牙關。

看來他正按捺著不讓牙齒格格打顫。藏在輪椅後的拳頭緊握得發白，總算吐出話語。

「昔日我在聖杯戰爭中召喚了伊肯達。」

老師開口。

「然而，他的外形與傳說中記載的伊肯達截然不同。畢竟他據說身材矮小，卻成了身高超過兩公尺，渾身肌肉的壯漢。雖然年輕時或許不一樣，他的髮色與眼眸顏色也都是鮮豔的朱紅，與傳說相差太多了。按照文獻內容，伊肯達的髮色是金色或黑色。雙眸明明據說是一眼宛如漆黑夜色，一眼宛如懷抱藍天的金銀妖瞳。」

「……那是……」

我忍不住發出呻吟。

因為，老師剛才描述的外貌簡直——

「……沒錯，正屬於這名女子。」

老師的話讓女英靈微微一顫。

奧嘉瑪麗說不定也察覺了那個可能性。她現在也像小鹿般顫抖著，琥珀色的眼眸關注著我們的對話。

「妳不是赫費斯提翁。」

老師斷定。

「以召喚的角度，應該稱妳為伊肯達。沒錯。使用那件聖遺物，不可能召喚出其他英靈。不過由於召喚的職階，召喚出與原本的伊肯達似是而非的存在。對於暗殺與戰爭都是家常便飯的古代王族，當然應有的存在。」

似是而非的存在。

當然應有的存在。

老師說明那個意義。

「妳是帝王的殘像——伊肯達的替身。」

2

「可……可是，這樣不是很奇怪嗎？明明與本人完全不像，居然是他的替身。」

我也不禁插嘴。

因為我怎麼也無法接受老師的說法。明明外形與性別沒有任何相符之處卻是替身，這是怎麼成立的？

不過，老師以沉著的聲調繼續說明。

「所謂替身，並非僅針對外表而已，特別是沒有照片的古代更加隨意。在伊肯達原本的長相並未流傳下來的階段，就能看出外表相似沒有意義可言吧。」

「……雖然是這樣沒錯……」

「再說，她與一般的替身意義不同吧。多半是像古代美索不達米亞也有例子的——」

「……你的推測大致上有八成正確。」

女英靈打斷老師的話承認道。

她承認了自己是伊肯達的替身。

假冒者。替身。承認她是與這類存在相關的「偽裝者」。

「但是，剩下兩成猜錯了。那便是Whydunit的極限吧。作為源自於動機的推理是正確的，卻沒探尋到事實本身。赫費斯提翁此名雖然屬於兄長，但我有時也會借用。」

「兄長？」

「我無意聽更多戲言。可以嗎，主人？」

女英靈——偽裝者回頭，側臉的神情訴說著雙方已無問答的餘地。

「唉。」

哈特雷斯搔搔紅髮。

接著，他緩緩環顧四周。

「我看看，在這裡戰鬥我也無妨。」

他向魔眼蒐集列車的車掌說道。

「但那麼做將會犧牲許多魔眼。雖說早已脫離鐘塔，我作為一名魔術師還是難以忍受那樣的悲劇。可以請你開啟群魔眼球庫嗎？」

好自私的主張。

考慮到他因為不願有人刺探七年前的案件便殺害特麗莎，為了召喚使役者招來腑海林之子導致所有人陷入危機，這番話語有多麼肆無忌憚顯而易見。

然而有使役者做後盾，他的肆無忌憚也產生讓人難以違抗的壓力。

再加上，存放於群魔眼球庫的魔眼、魔眼、魔眼。

那些魔眼每一件都具有方才在拍賣會上證明過的價值。我不願想像在眼球庫中戰鬥會造成何等慘烈的結果。

「……好吧。」

車掌一頷首，現場立刻有了變化。

群魔眼球庫的天花板大幅打開。那也許是用來搬運某些大型物品的出入口吧。在夜空另一頭，還看得見閃爍的星斗。

「非常感謝。」

哈特雷斯道謝之後，呼喚另一名少女。

「伊薇特，妳打算怎麼做？要跟我一起出去嗎？」

「我留在這裡就好。」

依舊被菱理的魔術拘束的伊薇特搖搖頭，粉紅色的雙馬尾跟著甩動。

「我和你的契約，終歸只是為了融資互助合作吧？接下來我大概會被法政科審判，我會老實地坦白一切。就算你是前任學部長，我也絕對不想加入你的逃亡生活。」

「哎呀，被甩了。」

男子揚起一邊眉頭，偽裝者握住他的手輕鬆地跳躍至車頂上。

「……別想跑。」

老師往輪椅扶手使力。

原本坐在輪椅上的他勉強站起身。

老師的傷勢當然並未痊癒。大概是像梅爾文一樣，以魔術迴路代替了神經。老師聚精會神到滿頭冷汗，這才實現了梅爾文在吐血的同時都能運用自如的魔術。

「卡雷斯、格蕾。我們追。」

「可是，老師……」

「我明白了。」

我代替猶豫的卡雷斯點點頭。

或許是因而下定決心，卡雷斯也走上前。我們一起環抱老師腰際，以「強化」縱身一躍。

我們降落在列車車頂上。

在我們眼前，哈特雷斯一臉無言地回過頭。

「唉，我認為在這裡告別比較明智。方才我也說過，我無意在此處殺死君主。」

「我們可不能讓事情就此了結。」

老師低垂著頭說道。

雖然我自認落地時已盡量不讓他受到衝擊，對現在的老師而言，光是像這樣站立想必已經造成身體的負擔。

「我還沒要回你奪走的聖遺物。」

「喔喔，原來如此。好啊。現在召喚已經結束，這個東西沒有用處了。」

男子倏然取出一塊陳年的朱紅色布料。

當他直接放手，布料飄到我們身旁，由老師收下。

老師檢查重回手中的聖遺物，抿住嘴唇。他拿出另一條手帕，珍惜地將布料摺在手帕裡收進懷中。

「我還有另一件事想說。」

「唔。雖然我很想跟你慢慢暢談……」

「不是找你。」

老師斷然搖搖頭。

「而是妳，偽裝者。」

他以職階稱呼。

稱她偽裝者，而非赫費斯提翁。

「我可是說過，我無意聽更多戲言。」

面對敵意不假掩飾的女英靈，老師毫不在意地繼續道。

「妳說我有大約兩成猜錯了。還有妳有時會借用兄長的名字——那麼，你們是雙胞胎嗎？」

「…………」

偽裝者的手指動了動。

老師沒有錯過她的動搖，接著往下說。

「若是當時的雙胞胎，選擇正常養育一個孩子，將另一個孩子託付給魔道的情況絕不少見。更何況，伊肯達之母——奧林匹亞絲是戴歐尼修斯教的狂熱信徒。」

——「原本，是那傢伙的母親指派我負責監督他。」

我回想起她在山洞裡說過的話。

而且，梅爾文也曾說過。我記得伊肯達的母親一手包辦了馬其頓的宗教儀式。那麼由那位母親養育，並指派去監督兒子的孩子代表的意義是——

「從以前開始，我便覺得赫費斯提翁這個名字很奇特。根據來自希臘的習俗，一般男子會命名為赫菲斯托斯。然而，刻意以自此衍生的赫費斯提翁命名，性別與出身馬上變得模糊不清。畢竟亞馬遜的女王中也有人叫這個名字——有一種說法指稱，赫費斯提翁這個名字還有向神獻上貢品的意思。」

他想必做過長期的調查。

調查名叫伊肯達的英靈。那位英靈生活過的歲月。面對那段歷史時，老師的目光總會飄遠。面對消逝到遙遠彼方的時代，老師同時也回到自己的青春歲月。

所以，此刻他十分有把握地告訴她。

「帝王要行使權力，需要絕不會背叛的部下。奧林匹亞絲一直在推動讓伊肯達成為獨一無二的王者，會嘗試從小替愛子培養忠臣也沒有什麼好不可思議的。她為妳兄長取的就是那樣的名字不是嗎？」

「——住口！」

激動的女英靈拔劍。

面對宛若雷鳴的斬擊，我的身軀介入兩人之間。

「亞德！」

「嘻嘻嘻嘻嘻！又來了！」

我吸收周邊的魔力，在手邊展開亞德。

解除第一階段限定應用。

大盾。

在我勉強護住老師的瞬間，驚人的衝擊穿過盾牌。沉重的一擊宛如直接負載了英靈的憤怒，我幾乎整個人被打飛。

「……對不起，格蕾。」

「不要緊。」

我舉著盾牌，斬釘截鐵地斷言。

「這種程度的攻擊來幾波都沒問題。所以，老師好好傾吐你想說的話吧。」

我總覺得可以理解老師企圖做的事。

哈特雷斯說令咒是僅限三次的絕對命令權。僅有三次。而且一次在呼喚偽裝者時用掉了。這樣的話，他應該希望在搏鬥時盡可能別動用令咒。

正因為如此，他也無法完全控制此時接受老師挑釁的偽裝者。

英靈並非只是使魔，具備特有的人格，因此很難處理。同時，老師瞭若指掌地掌握了英靈這種習性。

「──我說妳是伊肯達的替身，絕非指外表方面。」

老師重新拉回前面的話題。

「因為當時雖然已接近尾聲，仍然是魔術燦爛輝煌的神話時代餘韻時期。一個魔術比現在更強大，許多魔術被視為魔法的時代。也是有力的王者必然會安排神官或魔術師保護自己免於詛咒侵害的時代。追溯到久遠之前，連古代美索不達米亞都有替身國王這種儀式。據說那是為了迴避凶兆，讓毫無關係的農夫頂替國王，等災厄過去後再殺掉代罪羔羊的殘酷風俗。」

替身國王。

用來逃避災厄的儀式。

「……那麼，老師你提到的是……」

「她並非單純的替身，而是魔術上的替身。」

老師斷言。

「多嘴——！」

偽裝者的動作加速。

她避開我的大盾，轉身從持續行駛的列車外側邊緣繞進來。卓越的運動能力，讓幾乎無視物理法則的機動得以實現。連我經過「強化」的動態視力也沒辦法完全追上的壓倒性高速。

（趕不上——）

剎那間，雷電之網捕捉她的身軀。

「——！」

「……哈哈，還真的行得通。」

卡雷斯事先在列車張設下陷阱。

細微的電流在他指縫間流竄。在列車車頂上也如蜘蛛網般展開的電流之線，在剛剛纏住英靈全身。

「這是將人體的魔力融合原始電池生出的電力，以電流學的術理進行強化。我從之前開始跟老師一起練習的技巧。」

亦為小說作品《科學怪人》創作契機的賈法尼電池（Galvanic Cell）實驗。老師和卡雷斯從生物電流的觀點分析實驗，發展成幾種魔術。在某種意義上，那也是很契合現代魔術的術理吧。

卡雷斯流露出緊張、少年特有的潔癖感及自豪說道：

「就命名為絞刑之雷吧？」

「……哈。」

偽裝者嘆了口氣。

英靈得意的笑起來，張口準備呢喃某種新事物。

「格蕾，吞食魔力！」

那聲呼喚在我背上推了一把。

我立刻呈斜角揮下瞬間從大盾變形而成的死神鐮刀。

我依老師所言，將重點放在吞食周邊魔力而非攻擊對手上。卡雷斯發動的原始電池魔術也必然地跟著解除，但一種截然不同的——從世界往英靈內在匯聚到一半的魔力同樣被吞食殆盡，鐮刀與她舉起的劍劇烈撞擊。

撞擊的餘波迸發颶風。

然而比起那股威力，剛剛吞食的魔力總量更讓我感到恐懼。

「剛才那個是……」

「好險。」

老師喃喃說道。

「格蕾、卡雷斯。那傢伙是魔術師。」

卡雷斯連連眨眼。

他一臉難以置信。明明有和英靈交手的覺悟，他卻像完全沒料到那句話般瞪大雙眼。

「伊肯達時代的魔術師……老師，那是……」

卡雷斯的聲音變了調。

「神話時代的……魔術師……！」

「要擔任魔術上的替身，自己身為魔術師是個捷徑吧。在魔術遠比現在更萬能的時代的魔術師。」

老師抬起目光注視偽裝者，不間斷地說著。

「對，早已企圖讓兒子登上王位的奧林匹亞絲，看著年幼的雙胞胎心中這樣想著吧？只要培養一個孩子當將軍，另一個當魔術師，便能打造符合自己想法的忠臣。

將軍自不用說，她想早點為兒子準備能夠信賴的魔術師也有道理。雙胞胎得到重用也是理所當然的。因為他與她正是為了王者準備、為了王者接受教育、為了王者量身打造而成的最適合的將軍與魔術師。」

我上當了。

不，應該說她讓我誤會了。由於先前的戰鬥，我單純地認為她是揮劍與伊肯達一起作戰的將軍。實際上即使在伊肯達多達數萬的部下中，赫費斯提翁也是表現格外輝煌的將領之名。不過，若說她的真實身分並非赫費斯提翁，而是那位王者的替身——

「——我叫你住口！」

「亞德，吞食魔力！」

我接連不斷地以死神鐮刀砍過去。既然偽裝者是神話時代的魔術師，絕不可以讓她啟動魔術。那麼做等於是讓從一開始便幾乎不存在的勝算完全化為零。

幸好，只要持續吸收魔力，她似乎也無法行使魔術。

反倒是我們的速度上升到前所未有的程度。

「咿嘻嘻嘻嘻！這可真驚人！分量姑且不提，品質這麼高的魔力在現代根本看不到！」

我知道老師的推理激怒了她。

若非如此，當魔術一度被無效化後，她不會第二次、第三次再用相同的手法。不過，那也沒有第四次。她放棄魔術換回用劍，以比我們快上一倍的速度展開反擊。

身體的核心火辣辣地發燙。

比平常更加過度運轉的魔術迴路，大幅增進了肌力、敏捷與感覺。不，一定不只那些而已。眼前的英靈灌注過來的戰士之魂讓我無法再畏懼自身的異常，徹底拋開煩惱。

老師的聲音從後方傳來。

「為了避開詛咒，妳應該持續散布著關於伊肯達外貌的假消息。不，實際上妳也曾作為伊肯達的代理人行動吧。所以，後世流傳的伊肯達外貌摻雜了許多妳的部分。」

黑髮。

金銀妖瞳。

以男性而言身材矮小。

如果這一切全都是當時情報工作的產物呢？

伊肯達會帶她前往眾多戰場也是當然的。在遠征中對抗埃及的古老魔術時、挑戰在印度連綿不絕一路傳承的妖術時，她正是保衛征服王的王牌。

由於她是一張王牌，真實身分才被隱藏起來。

老師現在揭開了偽裝者直到死去，不，在死後也繼續保守的祕密。這甚至可以稱作解剖。我也領悟到，正因為他說出那些幾近殘酷的話，我才勉強承受得了這名英靈的猛攻。

「……是解體啊。」

在旁邊關注的哈特雷斯忽然低語。

老師的言語在解體神祕。哈特雷斯觀察那個現場並加以命名，稱老師的存在方式是解體者。

沙！偽裝者大幅退後。

我正想追上去，但她唸出的並非咒文。

「……我要做個訂正。」

女英靈以陰鬱的聲調開口。

「單論印象而言，從前我們真的很像。像到足以指派我代理那傢伙出席。安排我當他的代理人也是那方面的延伸……雖然大流士之母認錯的對象是我的兄長。」

偽裝者咧嘴露出如利牙般的雪白牙齒說道。

她的眼神蘊含強烈的憎恨。殺氣與敵意交織的眼眸，宛如吞沒一切光芒的煤玉。

「嗯，這件事已經毫無意義。那麼想問的話我就告訴你。我本來就沒有名字。」

她如此告解。

「……沒有……名字？」

「被打造成帝王替身的我，沒有特定的名字。因為沒有特定的名字，才能徹底成為帝王的替身。才能成為完美無缺的盾牌，阻擋所有針對伊肯達這名王者而發的詛咒。哈哈哈，奧林匹亞絲一方面栽培兄長成為將軍，一方面可是不惜用藥物阻止年幼的我萌生多餘的自我。」

據說在魔術上，將個人訊息被他人得知視為禁忌。在某種魔術系統中，光是名字被人知道，詛咒的準確度便能提升數十倍之多。

那麼，只要不取名字就行了。

只要是僅在需要之時，將伊肯達這個名字借給她的存在就行了。

一陣惡寒竄過背脊。某種近似於恐懼又有些不同的感情。那種感情，或許和被眾人期盼成為逝去多年的亞瑟王的我也很接近。

「那位王者即使如此還是有好幾次想替我取名，每次我都堅持拒絕。在需要王以外的名字時，我會借用兄長赫費斯提翁的名字。只是這樣罷了。只是這樣罷了，魔術師(Magus)。」

「那麼，還剩下一個問題。」

老師即刻插話。

「妳並未出現在王者軍團的理由。」

偽裝者臉上浮現憤怒之色。

沸騰的殺氣，為她揮出的利刃加速。

眼見死神鐮刀應付不了，我將亞德變回大盾。

震耳欲聾的巨響在大盾與利劍之間迴盪。由於速度太快連成一串連音，宛如某種管絃樂。那股衝擊直透經過「強化」的身軀深處，讓我咬緊牙關，以全身支撐盾牌。

「妳剛才說，王想替妳取名字吧！」

老師嘶聲力竭地大喊。

就算我保護著老師，在車頂上多次炸裂的強烈餘波依然足以讓傷口裂開。我聞到一絲血腥味。

「那麼，那傢伙應該無法容忍妳的境遇！他不可能同意妳被當成沒有名字的東西對待！然而，妳拒絕他的命名，是認為不保持無名就當不了替身吧。沒錯，你無疑是伊肯達這位王者稀有的忠臣之一。像妳這樣的人物沒出現在『王者軍團』裡，那是——」

「住口！」

鏗噹，隨著一聲宛如撞擊巨鐘的巨響，我的身體被打飛出去。

（糟……糕——會掉——！）

當我以為會從列車上掉下去的瞬間，背部傳來一股壓力。事先「強化」過自己的卡雷斯接住了我。可是，這樣老師等於失去了保護他的人。

「老師！」

我全力跳躍。

偽裝者的劍對準老師頭頂劈下。

「那是因為，妳本身憎恨王者軍團——！」

多半是那句話，讓女英靈的劍停頓了一瞬。

我抓住那個剎那，投擲大盾形態的亞德。猶如雷鳴的衝擊蹂躪列車車頂。飛出去彈跳的亞德受到魔力吸引重回我手邊。老師的身軀在飛揚的粉塵彼端翻滾，於列車中段部分停下。

翻滾的眼鏡掉落到列車外。

他身上流下黏稠的鮮血，如同一片水窪。

我抱著難以言表的心情，注視老師按住膝蓋緩緩站起。

然後——

「處理得真好啊，艾梅洛閣下II世。」

哈特雷斯看來非常佩服地說道。

「不過，原來如此。即使同樣了解聖杯戰爭，只是事後看過內容的觀眾，與實際經歷過的生還者可是完全不同。你的確很清楚與英靈的相處之道。看來你懂得如何面對與現代常識無法衡量的對手。」

「因為發生過很多事。」

神情間流露出痛苦，老師苦笑以對。

我不知道那是身體還是心靈的創痛。

哈特雷斯沉吟著點了幾下頭，搔搔臉頰。

「若不設法處理你，偽裝者應該不肯離開這裡吧。我實在不能再動用一畫令咒，一旦用了，我和她的關係將難以修復。與你為敵果然很麻煩。」

甚至到了這個地步，紅髮男子依然柔和地笑著。

「所以，真沒辦法。再繼續下去會造成不良的影響，我也試著反抗吧。」

「你也要反抗？」

「沒錯，像這樣做。」

哈特雷斯的手輕輕按住左胸一帶。

【翻轉吧，我的心臟。】

宛如歌唱般的旋律。

我感覺有什麼東西翻轉了。不是我自身，而是外側。彷彿世界將皮膚內外翻轉過來的猛烈異樣感，令我一瞬間甚至想吐。

我也感應到所在的方位。

在黑夜中，行駛的列車前方生出了某種物體。

「剛才……那個是？」

「雖然和虛數屬性不同，我也做得到類似的事。用這顆心臟交換。」

哈特雷斯靜靜呢喃。

他說，有失就有得。那多半不同於一般的魔術。應該是與憑藉咒文或動作申請，以魔力或魔術基盤驅動的一連串現象似同實異的行為。

以被妖精誘拐為代價，得到的無可替代特權。

「對了，你們不認為那片腑海林之子消失得太過簡單了一點嗎？雖說是比不上本體的孩子，偉大的神祕之徒像那麼輕易地消失可是種恥辱。」

在鐵軌前方膨脹的魔力似曾相識。

在半天前，我才剛深深體驗過它的滋味。

「哈特雷斯……！」

「我暗中回收受損的腑海林之子核心，同樣地封進虛數口袋中。剛剛我在列車的行進路線上釋放了它。畢竟原本是頑強的死徒，傷勢越重，它越會尋求補足能量的代替品。」

隨著那番話，一種異樣的聲音迴盪著。

狀似觸手的樹枝正從軌道另一頭逼近。被冰包覆的外層不變，但從樹皮也清晰可見如鮮血般的朱紅正在脈動，是負傷的腑海林之子在極限狀態下選擇了新形態嗎？

「和上次不同。現在的腑海林之子飢餓無比。好了，在附近最充滿魔力的東西是什麼呢？」

根本不用特地回答了。

被湧上的冰樹枝枒包圍，腑海林之子正在吞食魔眼蒐集列車。

＊

萎理輕輕將眼鏡推回原位。

在列車車頂展開的死鬥發出的驚人巨響也傳到這裡來。不過，她也感應到另一種強大魔力的出現。

她走到裝飾典雅的車窗旁，打開窗戶。

看見了狀似觸手的奇怪樹枝在軌道另一頭活動。

「哎呀。」

菱理這麼低語，傻眼地搖搖頭。

「沒錯。我想過他一定設了某種陷阱，沒想到是打算再度利用腑海林之子。應該說真不愧是前任學部長嗎？」

「咦，腑海林之子……？我們好不容易才逃脫的耶！」

遭到綑綁的伊薇特對那句話有所反應。

由於雙眼也被纏繞封印，她沒辦法查看情況，但似乎沒有忘記在上次的逃亡劇中體驗的恐懼。

「──法政科總不會沒有對策吧？」

萊涅絲愉快地煽動道。

她使用飛行魔術從倫敦飛到這裡，幾乎不剩半點魔力，因此也放棄協助義兄艾梅洛II世。但正因為處於這種情況，她似乎也很想見識一下其他人的本領。

菱理倏然朝另一名魔術師回過頭。

「總之，請配合我，約翰馬里奧。」

「我……我？」

約翰馬里奧大力舉起雙手投降，同時連連搖頭。不過他的表情沒有動作來得輕鬆，憔悴得彷彿隨時要斷氣一般。

「你的使魔很適合查看情況。不如說，反正你已經在偵查了吧。」

「……唉，我姑且先派了八十七隻出去。」

他的袖口掉落小小的漆黑顆粒。

體形極小的蜘蛛群從列車縫隙間溜到外面。對於從拍賣會前便透過這種使魔觀察各種情況的他而言，像這樣做好準備是當然之事。

「那麼，首先在列車外張設可能範圍內最堅固的結界——」

「……那樣不管用，法政科。」

聲音低沉地流過地毯。

菱理轉頭。

銀髮的少女依然低著頭如此說道。

「有什麼問題？」

「因為我事先全面看過這條靈脈了。那不是效果最佳的術式。如果對手是腑海林之子，我可以做得更好。」

「原來如此，地脈遵循著天空嗎？這方面可以交給妳來嗎？」

「……可以。」

少女頷首。

她的目光投向自己的隨從——在哈特雷斯等人離開後，依舊擺在地毯上的特麗莎・費羅茲的頭顱。奧嘉瑪麗撿起頭顱輕輕放在椅子上，然後與那顆頭顱面對面一會兒。

「……嗯。我一定想這麼做。」

她呢喃道。

菱理接著詢問車掌。

「各位打算如何？」

「魔術師之間的糾紛隨各位的意思處理即可。」

車掌用一如往常聽不出感情的聲音開口。

「不過，我們不能讓魔眼蒐集列車再被藐視下去，特別是被立場與我們相同的死徒產物。我們自會採取因應之道。」

他斬釘截鐵地回答後掉頭離去。他們有他們的想法吧。與魔術師們不同，但同樣基於他們自身信念的一戰。

目送車掌離去後——

「——那個，菱理小姐，來個認罪協商如何？」

這次換成伊薇特開口。

她雙手依然被綁在背後，口氣非常輕鬆。好像在說昨天我擅自吃掉了你的便當，所以今天我的便當分給你吃一樣。

「認罪協商嗎？」

「嗯。我本來就沒涉及哈特雷斯召喚使役者的事情吧？在他提出邀請時也沒跟著離開，只要在這裡爭取表現分數，我想以鐘塔角度來看不會構成太大的問題才是？」

「……好吧。」

菱理扇動手掌。

一碰到那道風，封住伊薇特的布條便鬆開了，到她的腳邊盤成一團。

「呵呵呵，愚蠢的魔術師，多虧你解放了吾的封印……喂，別撇下我！裝出凝重的表情配合一下嘛！很寂寞耶！啊～真是一群掃興的傢伙。啊，對了，梅爾文，你在腑海林之子幫過忙吧。用一下那招。」

「真沒辦法，我來幫忙吧。畢竟事情看來也與韋佛有關。」

當她強行將話題拋給他，梅爾文聳聳肩。

話雖如此，面對這個情況，青年似乎也無意斷然拒絕。

梅爾文打開一直隨身攜帶的小提琴盒。

裡面裝著一把正如想像般平凡無奇的小提琴。純白的青年將小提琴靠在肩膀上，居高臨下地說道。

「如果沒有媽媽拜託，我可不會免費使用調律器。希望你們務必認真聆聽。」

魔術師們分別找到各自的任務，準備行動。

可是——

另一個人影趁隙奔跑進來。

他以驚人的速度衝進群魔眼球庫，從尚未離開的拍賣師身旁搶走還放在拍賣台上的透明圓筒。

「泡影魔眼被……！」

悲痛的叫聲在車內迴響。

3

我茫然地注視腑海林之子逼近的景象。

那簡直像陸上的海嘯。冰樹枝枒蠕動、爬行，化為恐怖的成群大蛇湧向魔眼蒐集列車。就連插下黑鍵試圖逃離冰雪林時，來襲的樹枝數量也不到現在的數十分之一。瀕死的腑海林之子如字面含意般賭上整個存在，企圖吞噬列車。

（這種情況……）

我感到喉嚨漸漸發乾。

憑我的能力無計可施。就算解放暗藏在亞德內的寶具，也不可能燒光所有樹枝。我感覺絕望逐漸從全身奪走力量。

「夠了吧，偽裝者。」

哈特雷斯呼喚。

即使事已至此，男子的微笑依然柔和。

「接下來交給腑海林之子就行了。如果不離開，妳的魔力品質不比列車遜色，將遭到冰雪林攻擊。雖然解釋起來略為牽強，若是連同列車一併被腑海林之子吞食，君主的死也能當成意外掩飾一陣子吧。」

「……好吧。」

女英靈轉身。

她似乎對我們喪失了興趣。

「等等，偽裝者。」

老師再度說道。

「我的話還沒說完。」

「你那張嘴到底有多喋喋不休啊。反正你馬上會被那座森林吃掉，起碼在受死前珍惜一下性命怎樣？」

「那可不行。既然妳憎恨王者軍團，我更不能停下來。」

偽裝者瞥了他一眼，臉色蒼白的老師大膽地揚起嘴角。

「畢竟我也是王者的部下。」

「還在說那些嗎！」

發自女英靈口中的話語，彷彿直接化為烈焰。

嘰哩，她的咬牙聲響亮得令人吃驚。妖艷的金銀妖瞳蘊含著如鯊魚般的捕食者殺意，映出老師的身影。

「對，我憎恨王者軍團！」

呈人形的烈焰咆哮。

「憎恨那些破壞王者建立的一切的蠢蛋，憎恨想加入那群蠢蛋的新人！恨教我魔術，企圖操縱王者的奧林匹亞絲！恨明知道那種下場，仍然想跟那群蠢蛋並肩而行的兄長！」

「……嗯，那我明白了。」

偽裝者的憤怒讓老師瞇起眼眸。

「妳沒有出現在王者軍團裡，是因為妳無視王者的呼喚。」

那是個極單純的結論。

根本不是什麼謎團，理所當然的理由。

「地球是圓的，世界上沒有什麼世界盡頭之海。那傢伙也說過，他得知這件事時頗受打擊。王者和部下還真相似啊。英靈只要現界，世界就會賦予相應的知識，有部下因為那些知識突然改變也不奇怪。沒有人希望看到繼業者（Διάδοχοι）戰爭那樣的結局吧。」

啊，這個我也知道。

翻開世界史，上面清楚地記錄了伊肯達的末日。

在大遠征終於以失敗告終，死於熱病前夕，那位王者竟然留下「由最強的人統治帝國」這樣的遺言。儘管不知道他確切的意圖，後來會發生什麼情況洞若觀火。

那便是繼業者戰爭。

以放眼人類史都很傑出的廣大疆域為榮的帝國轉眼間分裂，有力的將軍們互相廝殺。

其中甚至包含其母奧林匹亞絲，戰爭持續長達數十年之久。昔日一起邁向世界盡頭之海的夥伴不僅忘掉那種無聊的幻夢，反覆上演以血洗血的死鬥，醜陋的兵戎相向更延續到兒孫一代。

作為夢想的盡頭，還有比這更殘酷的結果嗎？

「既然妳是王者的替身，應該死在他之前，生前不知道什麼繼業者戰爭……這樣啊。第一次見面時，妳拿尤米尼斯與亞里斯多德和我相比，將我貶得一無是處，但這沒什麼大不了的。妳憎恨那一切吧。」

「正是如此。」

偽裝者立刻說道。

哪怕王者認同，自己也無法認同。

哪怕王者寬恕，自己也無法原諒。

那異常猛烈的憤怒，是由王者超過數萬人的全體部下燃起的。不，說不定連寬恕他們的王者本身也包含在內。

奇特的狀況接著發生，使得女英靈凜然的雙眉微微一皺。

「呵……呵……呵呵呵……呵呵呵呵……」

一陣聲音響起。

因為太不合適，車頂一瞬間瀰漫著愣住的氣氛。負傷的老師正抖動肩膀發笑。

「有什麼可笑的？」

「不，我只是覺得很像他的風格。強行展開那麼浩大的大遠征，仍然與數萬名士兵締結羈絆的大帝，把自己的替身惹火到不肯搭理他。唉，那傢伙在最後關頭總是掉以輕心。該不會其實沒有才能吧？」

咳咳，他清清喉嚨。

也許是這個動作帶來疼痛，老師微微皺起眉頭。

「謝謝。」

他繼續道。

那句回答，令偽裝者也不禁屏住呼吸。

「……！謝……什麼？」

「我一直都在思考。這十年來我沒有一天不煩惱。即使想追逐他的背影前往應至之地，我不知道該做什麼才好。畢竟我無可救藥地欠缺才能，不是當英靈的料子。只有弟子日漸成長，我只能不像樣地注視著許多人才展翅飛翔。」

老師像在堆砌話語般緩緩地說道。

那非常沉重，不斷被壓縮的十年。

「不過，這件事我可以挺起胸膛說出來。無論何時在何處相遇，我肯定都可以向他炫耀。就算煩人地一提再提，他也該也會容許吧。如果我的理智不允許我反覆叨唸同一件事，借助一點酒精的力量也行。啊，我連作夢也沒想過能得到這種機會。不向妳深深表達謝意那怎麼行。」

「你在……說什麼？」

「嗯？喔，也就是這樣的。」

老師一派理所當然地頷首，如此繼續道。

「只要告訴那傢伙，我對你的寵臣——另一個你報了一箭之仇，他想必會捧腹大笑吧。」

「…………」

人人都陷入沉默。

聽到那番大膽的發言，我和卡雷斯不用多說，連哈特雷斯暫時停止呼吸。

偽裝者也像是被魔眼迷住般僵硬不動。老師剛才的話語，宛如現代的魔術師無法施展的失傳大魔術一樣。

不久之後——

「你打算勝過我？」

偽裝者咬牙切齒地說。

老師並未直接回答那句話，朝我拋出話頭。

「格蕾，妳可以幫忙嗎？」

「……是！」

我不禁感動不已。

多麼逞強。多麼倔強。儘管這樣也不屈不撓地笑著嘗試站起來，這個人為何如此……

（如此……美麗呢？）

我想讓他看看。我想讓他們相會。想讓這個人如此訴說心聲的「王者」——名留歷史的英靈（伊肯達）看看他現在的模樣。

我以為早已耗盡力氣的身體中湧現力量。

「原諒我，主人。」

偽裝者再度舉起佩劍。

「這次現界我打算向你盡忠，但我無法對這種挑釁置之不理。」

「唉～」

紅髮的魔術師誇張地發出嘆息。

藍色西裝隨著車頂的狂風飄揚，他的嘆息也散落在黑暗中。

「我總覺得事情會這樣發展，才出手制止的。不過也無可奈何，那就快點——」

他說到一半，某個黑色物體突然刺在腳邊。

樣式獨特的利刃讓我瞪大雙眼。

「黑鍵——！」

新的人影在車頂上現身。

穿著漆黑大衣，臉上留下一道大疤痕的老人。他緊閉著眼睛，兩手各夾著三把黑鍵。

「你拖著失明的身體緊追上來？」

「不。」

老人否定道。

狂風同樣吹得舉起黑鍵的老人白髮飄揚，戲弄著他的臉頰。

「我要回來了。因為拍賣會已經判定無效。」

他猛然睜眼。

魔眼被塞進卡拉博空洞的眼窩。兩顆眼球分別朝向不同方向，證明那絕非精細的移植，而是硬塞進去的。

當然，那麼做無法使用作為眼球的功能。不過——

「——魔眼的摘除與移植，本來是指與該對象進行靈性的連結。」

老師低聲開口。

「那是某種心靈手術。可以說切斷緣分即為摘除，連結緣分即為移植。所以，若是魔眼原先的持有者——更何況是摘除後還不滿一天的對象……」

即使無法使用作為眼球的功能，卻具有作為魔眼的功能——！

卡拉博的黑鍵飛掠。

其戰鬥技術達到我怎麼也無法模仿的領域。在純粹運用身體的層面上，他遠遠凌駕於生活在古代的偽裝者。

「別接招！」

偽裝者忠實地聽從哈特雷斯的話。

的確，卡拉博並未觸及劍。卡拉博與偽裝者的身體僅僅一瞬間交錯，再度分開。

然而剎那之後，偽裝者的劍被切斷了。

「啊，這樣嗎？看起來是這樣的嗎？」

卡拉博笑了。

剛剛的情況，並不是卡拉博的黑鍵太過鋒利導致切斷時慢了一拍。劍以明顯的時間差斷成兩截。就像唯獨那一處是低速攝影的電影般，跳越時間軸進行了處理。

「是泡沫。」

老神父喉頭作響。

不給偽裝者可趁之機，他的身體滑了過去。接近的動作流暢無比，彷彿偷走了兩人之間的距離。卡拉博憑藉純粹在體能上理應遠勝於他的使役者無法對應的步法，雙手的黑鍵發出咆哮。

他的對手不只使役者。

終於抵達列車的腑海林之子的妖枝——悉數被應該未觸及的利刃斬斷。

「對，沒錯。就是這樣。世界是由泡沫組成。」

那個聲音與口氣，與平常的卡拉博天差地遠。

（……這是受到操縱時的卡拉博先生……）

這與雙重人格多半略有不同。

大致上是卡拉博壓抑的慾望與感情一類吧。

「我事先拜託菱理小姐，逐一向卡拉博轉達拍賣會情形與之後的經緯。」

老師說道。

那麼，他獲釋應該也是出於同樣的理由。卡拉博明白情況後，得知自己從七年前起一直受到欺騙，決定投身戰鬥。他收回自己的魔眼，出現在車頂上。

「原來如此。這樣的例子也有可能發生。」

哈特雷斯笑著說。

「由於失去通常的視力，導致魔眼更加特化。平常的人格看不見的東西，現在也看得到了？」

「哈特雷斯——！」

卡拉博的身軀瞄準那個笑容，自車頂上躍起。

*

「星之形。宙之形。神之形。吾之形。天體為空洞。空洞為虛空。虛空有神。」

少女的詠唱在列車內嘹亮地響起。

所謂魔術，到頭來便是改寫世界的理法。

雖然小節(Count)越長，深度也逐漸上升。人類這種靈魂規格承受的極限約為十小節(Ten Count)。以此為分界，稱之為瞬間契約(Ten Count)等等也是基於相同的理由。

當然，透過長時間的儀式可以大幅提升魔術的規模及穩定度，但品質方面在這裡已達到頂點。也可以說是現代魔術的極限。

換作平常，這是要使用天體科的儀式場，花費數日施展的大魔術。

此刻有梅爾文的調律相助，魔術才總算成形。光是這一點便證明那名吐血青年的技術非常出眾。

伊薇特主動擔起輔助工作。

她以約翰馬里奧的使魔們傳達的概況為線索，透過她的魔眼詳細調查，謹慎地逐步對準魔術的焦點。原以為她只是魔眼的專家，但她的支援做得細緻入微。

（因為艾梅洛教室……？）

那位君主的薰陶不僅發展學生的特質，在這種團隊合作層面也帶來了影響嗎？儘管作為鐘塔的必然，他們之間會發生背叛或被出賣之類的情況，但他的指導依然在某些地方連接起來。

再加上，還有梅爾文的音樂發揮效用。

那道音律正在增強魔術刻印的能力。據他所說，那種調律對多人合作的魔術特別有效。

總之，雖說是魔術師，魔術刻印或魔術迴路也充滿多餘的動作。單獨施法時都是如此，當多人一起操作術式，多餘的部分也會擴大。梅爾文演奏的音樂，似乎暫時調齊了每個人的波長。

沉浸於優美的音樂中——

「……沒錯。就是這樣。我終於懂了。」

在其他人的詠唱途中，奧嘉瑪麗忽然呢喃。

特麗莎的頭顱擺放在椅子上。她維持高水準的專注力，偷偷地向閉上雙眼的頭顱說話。

「我可以在應當生氣時生氣對吧。」

魔力彷彿在跳舞。

受到活性化的魔術迴路承接大源與小源，甚至帶著物理上的熱度。若是不成熟的魔術師，很可能被那股高溫燒斷神經。

「妳在等著我總有一天生氣嗎，特麗莎？」

她的問題沒有得到回應。不可能得到。

舉例來說，死靈術(Necromancy)說不定能讓亡者開口，但說出來的只不過是亡者已完結的訊息，與當時還活著的她的感情並不相同。即使少女現在的想法僅僅是任性的自以為是，只要不是魔法使就無法驗證。

只是，現在要編織。

編織她應當完成的魔術。

「Stars. Cosmos. Gods. Animus.

Antrum. Unbirth. Anima, Animusphere——!」

魔術——結出碩果。

4

偽裝者腳步踉蹌。

女英靈的鎧甲呈斜角切斷，肩頭淌流鮮血。

「那雙魔眼……足以與一級的概念禮裝相比嗎？」

偽裝者的呻吟完全正確。

當然，亞德也不遜色。內部藏有寶具的死神鐮刀，就算對上使役者也能充分發揮威力。但這名老人的魔眼如果有必要，連用普通小刀也能帶來奇蹟。

不只如此，老人的目標既非使役者也非腑海林之子。

「你！操縱了我吧！哈特雷斯！」

既然知道他滿懷激烈感情向誰揮出利刃，偽裝者連逃跑也做不到。

正好和剛剛的我與老師相反。當主人遇襲，使役者必須保護主人。而且對手是戰鬥技術與我相差懸殊的代行者，揮動的利刃除了實體攻擊還會從過去來襲。由於列車正在行駛，布置在過去的斬擊會立刻被留在後方，但反過來說，這代表他所布置的斬擊接連改變位置，朝這邊露出獠牙。

既然刀鋒斬過的事實自過去浮現，一度進入斬擊範圍內，無論靈體或物質上都無法防禦。哪怕偽裝者的戰鬥能力遠遠超過人類，也沒辦法一直完全躲開可說是某種二重身（Doppelgänger）現象的攻擊。

不過，光是這樣就算能壓制偽裝者，也解決不了腑海林之子。或許是從剛才被卡拉博斬斷學到教訓，這次妖枝繞了一圈呈斜角漸漸逼近後方車廂。

就在此時。

「——你們可別遭受波及了！」

那聲多半是透過使魔傳來的吶喊，屬於奧嘉瑪麗。

霎時間，夜空星辰閃耀。

與來自列車行駛軌道的魔力相對應，天與地就像互相在牽引對方，讓魔力互相流通。

如果有詩人看到這一幕，說不定會形容這景象宛如被拆散的神祇在接吻。

多達數十道光槍從那裡落下。

這可說是星光的魔彈。

如圓舞般成群聚集的光芒同時猛烈擊打。就連腑海林之子大量放出的妖枝也當場被壓扁、粉粹、隨著哭叫般的聲響遭到破壞。

「……哈哈哈，這可是大魔術。」

老師壓抑苦笑。

作為天體科下一任君主的她發動的大魔術，甚至轟散了腑海林之子。

同時，戰況也產生變化。

在大量的粉塵散落短暫籠罩夜空之際，偽裝者跳躍閃開並張口詠唱著什麼。

「吾祈願。吾祈禱。」

傳來的一節咒文，讓我所有神經產生強烈的危機感。

「nereide——」

「——別想得逞！」

我也從卡拉博的側面猛衝上去。

變形的死神鐮刀吸收了全部的魔力，讓魔術無效化。

不對。

是她誘導我將魔術無效化。

連神話時代的魔術都是誘餌。魔術已被死神鐮刀多次無效化，偽裝者不再重複犯下相同的錯誤。或許連先前她看似當真發火地反覆動用魔術，也是為了讓我最後落入陷阱而預做準備。

她成功將突擊的我與卡拉博牽著鼻子走，面露得意的笑容。

「看啊！」

女英靈的眼眸發出妖異光芒。

金銀妖瞳。「強制」的高貴之色。這個時機太過致命。因為我自不用說，老師的魔眼封印眼鏡也在方才飛出去時彈開了。身為老練的戰士，偽裝者應該當然也將那點計算在內。

卡拉博的動作立刻笨拙地停止。以高貴之色魔眼的威力，光是失去通常的視覺效果也不會大幅衰退。她趁隙使出一記飛踢重擊老神父胸口，他的身軀往車頂後方飛出數公尺之遠。

老人的身體與車頂數度碰撞彈跳，就像打水漂的石子。

偽裝者的魔眼直接對準我。

（不……行……！）

面對美麗魔眼的侵蝕，我感到每個細胞都遭到凌辱，自己的身軀揮落死神鐮刀。

＊

腑海林之子的來襲到現在依舊沒有竭盡的跡象。

卡拉博掃蕩的數量不用多說，即使被奧嘉瑪麗的大魔術攻擊，也不過是燒光第一波樹枝而已。作為核心的樹木位於前方，只要樹木尚在，襲擊也將持續下去。

當然，魔眼蒐集列車方面也認識到這一點。既然雙方都是高階死徒遺留之物，在一定程度上也知道彼此的情形。就算沒想過竟會像這樣互相爭鬥，也看得出對方的意圖。

可是，車掌羅丹在駕駛室內僵住了。

因為白色女子佇立於此處。

「代理經理……」

他的聲音顯得迷惘。

因為他沒想到動過那次心靈手術後，她還能很快再度現身。她便是如此虛幻的存在。昔日的經理留下的幻象。僅允許存在於這輛魔眼蒐集列車上的影子。實際上，半透明女子的身影彷彿隨時都會倏然消失，證明她比想像中更加勉力強撐著。

不只如此——

「——我批准進行魔眼大投射。」

白衣女子說道。

「恕我直言，那個措施……」

「讓這輛列車進一步受損，是羅傑安的恥辱，乃至我等經理的恥辱。」

她毅然決然的意念，讓車掌羅丹閉目一會兒。

不久之後，他下定決心睜開雙眼。

「了解，我會遵照代理經理的指示。雷安德拉，妳回來了。」

「——我明白了。」

自群魔眼球庫返回的拍賣師頷首。

她全程目睹了卡拉博搶走泡影魔眼，硬塞進眼窩內的蠻行。雖然沒想到代理經理會再度現身，她應該尚未恢復到可以動心靈手術重新移植的程度。如果可以，她應當會出現在那個現場，卡拉博也是清楚這件事，才不由分說地拿回自己的魔眼吧。

不到一秒鐘，拍賣師的手指掠過牆壁。

她挑選了一個陳列在牆上，存放新魔眼的圓筒插進駕駛座凹槽處。放入的圓筒轉眼間被吞進內側，完全消失。

「魔眼裝填完畢。」

車掌低語。

他用手邊的儀表板觀察那對魔眼與列車機器的反應。幾個儀表板的指針晃動，車掌一邊判讀其意義，手指一邊纖細地操作。對他來說，這些都是並未實際操作過的機器。如今經理失去蹤影，他以為那些機器將在未動用的狀態下迎向毀滅。

「魔眼大投射程序開始。基礎車廂李卡佩羅，與魔眼連結完畢。距離解析尚有三……二……一……完畢。確保已連結魔眼特性的延伸性。靈質回歸型透鏡‧玫瑰眼啟動。」

隨著話語聲，駕駛室的發動機發出奇怪的聲響。

與其說是齒輪的互相摩擦聲……反倒更接近哀鳴。那聲音讓人覺得，如果剝去人的皮膚血肉，僅將骨頭互相摩擦，大概就會發出這樣的尖叫。

「魔眼大投射！」

他用力一拉操作桿。

列車睜開眼睛。

5

——列車睜開眼睛。

那一幕只能這樣形容。姑且不論實際情況，應該具備古典(Classic)造型的魔眼蒐集列車車頭，出現巨大的眼睛。

不，是魔眼。

拍賣師選擇的魔眼，是「炎燒」的高貴之色。

巨大的眼睛發揮比那對魔眼強大百倍的威力，迸發的神祕燒盡目光可及之處來襲的冰樹枝枒。

與伊薇特在那片冰雪林用過的「炎燒」魔眼相比，明顯看得出那有多麼異常。其可怕的火力與範圍都拉開如玩笑般的差距，超越了伊薇特理應匹敵高貴之色的偽造魔眼。簡直像是煙火與飛彈。這輛魔眼蒐集列車握有連比較兩者都嫌愚蠢的莫大神祕。

接著，車頂發生了另一個異狀。

「啊……啊……」

在我眼前，有人低沉地呻吟。

我自己也難以置信。我以為偽裝者的魔眼——「強制」的高貴之色再度壓制了我。實際上，我也幾乎對此有所覺悟，試圖以最快的速度揮下鐮刀。

「剛才……那個是……」

卡拉博也在被打飛落地之處搖搖頭。剛才的異狀確實發生在我被魔眼捕獲的時候。作為戰士，偽裝者無疑在我們兩人之上。

那麼，這個結果是？

為何女英靈的身軀血流如注？

「……你……」

偽裝者按住鎧甲的裂口，嘴角噴出血泡。

是我的死神鐮刀砍傷了她。卯足全力擊中的手感還殘留在手臂上。吃了以斜角撕裂身體的一擊，縱然是使役者應當也免不了受重傷，然而女英靈甚至沒有單膝落地，嚴厲地瞪視老師。

「你等著這個機會？等我依靠魔眼的時刻。」

「——沒錯，我認為妳必定會依靠魔眼（那個）。」

老師在我背後呢喃，手中拿著那件禮裝。

惡魔之眼。

以眼球為造型，保護自己免於邪視傷害的護身符。

老師曾提過可視力。他說在七年前與這次的案件中，操縱卡拉博的是利用可視力施展的催眠術（梅斯梅爾催眠術），魔眼的力量越強越難以反抗。剛剛，老師透過反過來運用這種方法，使偽裝者一瞬間無力化。

「當然，這不是我的魔術，是菱理小姐的東西。」

老師拿著碎裂的惡魔之眼說道。

也許是承受不了被灌注的魔力，眼球造型的護身符粉碎。

哈特雷斯並未行動。

可能是被那一腳踢斷胸骨，卡拉博也蹲著不動。

魔眼大投射暫時擊退腑海林之子，老師在鴉雀無聲的車頂上告訴她。

「我想問妳一個問題……妳把我貶得一無是處的做法，該不會在生前也做過？」

「…………！」

我突然回想起來。

當時，偽裝者說找老師過來是以她的興趣為優先。在她約老師前往列車尾端——我們初次交手的時候。

「依照妳的思路，對伊肯達生前所有心腹像這樣找碴，也沒什麼好不可思議的。倒不如說，從妳講得非常熟練來看，那樣會比較自然。妳很可能對所有人都挑釁地說過『憑你這種貨色也想當伊肯達的部下？』……如果那傢伙在的話，說不定會想讓我和妳，和共用赫費斯提翁之名的你們兄妹見面。」

「……別開……玩笑了。」

老師淡淡地微露苦笑，女子以沙啞的聲音說道。

「一介阿諛奉承他短短半個月的小兵，別談論已消逝的吾王！」

「他並未消逝。」

老師的聲音極為懇切。

「他沒有消逝。王之影啊。縱使偉大的王者建立的國家碎裂，將軍們互相殘殺，遭到所有人遺忘——縱使從歷史中被抹去存在，那個意義也未曾消逝。正因為如此，我此刻才在這裡！」

「滿口詭辯！」

偽裝者吶喊。

她的斷劍嗡地一聲揮來。

明明已充分戒備接下攻擊，我的身體卻大幅退後。

她的耐力令人恐懼。英靈是如此強大的存在嗎？受了就算不是人類也會喪命的重傷，偽裝者仍然狀態良好。這就是與那位大英雄一起奮戰，一度差點征服世界者的潛力。

「那邊的魔眼使封鎖了我的劍。你的弟子封鎖了我的魔術。至於你封鎖了我的魔眼。

是啊，我承認。即使每一件事並非你的行為，但你作為領導者應該具有某種才能。」

女子一字一句地說道。

「那麼，接下來也試著倖存吧。」

當她揮動斷劍，虛空撕裂開來。

從裂縫內伴隨烏雲一起出現的，是氣勢恢弘的神威車輪。

女英靈終於喚出那件寶具。踏擊虛空的閃電之蹄。牽引戰車的骨龍凶猛狂暴，就像要摧毀任何仇敵。

「那些龍種也來自戴歐尼修斯信仰的蛇崇拜嗎？」

「當王者將戰車交給我時，如同他以宙斯的神威駕馭戰車般，我以魔術來駕馭戰車。」

後來，我問過老師。

例如科爾基斯的女巫美狄亞，在殺死叛徒伊阿宋後搭乘龍之戰車消失無蹤一般，這種戰車在神話時代的希臘文化圈似乎是相對通俗的傳說。正因為如此，老師才看出這名英靈是魔術師吧。

「可以吧，主人。」

「哈哈，隨妳高興就好。」

哈特雷斯無邪地笑著坐上戰車。

偽裝者揮動韁繩，戰車與魔眼蒐集列車並排奔馳，同時描繪出一道大弧線。戰車暫時拉開距離，然而那段間距正是致命殺招。英靈即將發動的真本領不只我們，很可能一併粉碎整輛列車。

「那個……該怎麼辦？」

抬頭仰望的我不禁呻吟。

卡拉博的黑鍵也無法飛得那麼遠。既然位置在魔眼蒐集列車的斜上方，也在剛才的魔眼大投射射程範圍外，更何況我也不認為奧嘉瑪麗的大魔術能夠連續發動。

「——格蕾，交給妳了。」

老師簡短地說完，竟然直接癱坐在車頂上。

「老師？」

「說完剛才那些話，我所能做的部分也結束了。我的性命託付給妳。」

老師坦然地那麼說，微微點頭。

*

魔眼大投射的確實對腑海林之子造成打擊。

然而，關注場面的工作人員毫無報了一箭之仇的優越感。

那也是當然的。

「消費魔眼排出。」

匡咚一聲，機器排出先前的透明圓筒。筒內才剛成就神祕的魔眼慘不忍睹地發黑。

「…………」

車掌與拍賣師都一語不發。不過，那個含意顯而易見。

僅發動一次，就燒光了魔眼。

看到這種景象，不知有多少魔術師會發出哀鳴。有人暈倒也不奇怪。魔眼大投射一次便將價值遠超過一整袋普通寶石的稀有魔眼消耗殆盡。

車掌咬緊牙關，已經發涼的鮮紅血液滴落到下巴。

難怪連他也對代理經理的指示感到遲疑。雖說是為了保衛昔日主人的列車，這麼做卻與必須維護主人蒐集的收藏品完好一事產生矛盾。如果可以馬上赴死，他們全體明明都會選擇那個結局。

可是，使命不允許他們死去。

保衛這輛列車，正是託付給他們的最後使命。縱使從前的經理沒留下任何交代也一樣。

「繼續裝填魔眼。」

拍賣師呢喃，將新的魔眼放入凹槽。

車掌也不再發出一點呻吟。

方才被火焰掃蕩之處，可以看見新的死亡之枝正成群湧來。腑海林之子還沒有放棄。如同他們沒有放棄一樣。那麼，該做之事便不需多言。

「確認魔眼裝填完畢。第二投射程序開始。魔眼連結完畢。距離解析尚有三……二……一……」

作為專家的自尊，讓他的聲調中不流露出悲壯。

他再度拉下禁忌的操作桿。

「魔眼大投射！」

大魔眼發出怪異的光芒，這次令湧來的冰樹枝枒當場枯死。

*

隨著列車再度投射魔眼，在夜空中奔馳的戰車描繪出優美的弧度。

我覺得那宛如彩虹。如果魔力肉眼可見，鮮明的光一定會映在視網膜上吧。我「強化」到超過極限的耳朵，甚至聽到戰車上這樣的低語。

「如果我……如果我們沒死在那種地方……就不會發生那樣的分裂……！」

那是哀鳴。

那是慟哭。

刻劃在足以成為英靈的靈魂上，無可救藥的烙印。

我忽然想起昨夜看到的夢境。

——「你為何追求這種東西？為何不放棄這種東西？明知道是夢，為何不單純地當成夢來看待？」

——「回答啊，伊肯達——！」

她的吶喊，是對哪一個伊肯達而發？

真正的伊肯達？或者是冒充他的偽裝者本身？我總覺得兩者皆是，又兩者皆非。

於是，她彷彿拋開那樣的指向，張開形狀姣好的嘴唇唸頌。

「我的忠誠屬於王者！請將雷之名諱借予我片刻！」

真名解放。偽裝者在先前戰鬥中未曾使用的寶具的真本領。

那麼，能夠對抗的事物只有一個。

「……我會突破攻勢。」

我說出口。

冷卻心靈。停止不必要的功能。我僅僅是為了偉大神祕存在的齒輪。淪為結構(神祕)所需的零件，專注於提升精確度。恐懼與迷惘都遠去，讓自身的意識進入迷幻狀態。

啊，那麼，這是運轉聲吧。

「Gray（昏暗）……Rave（喧鬧）……Crave（渴望）……Deprave（誘人墮落）……」

咒文自口中發出。進一步加深自我暗示。

大源很充沛。原本即位於靈脈上，魔眼蒐集列車無限湧來的腑海林之子也都蘊藏了我吞食不盡的魔力。在這個環境，我的寶具無庸置疑能夠展開。

（可是……足夠嗎？）

我戰勝得了那架戰車嗎？

即使我持有閃耀於終焉之槍（Rhongomyniad），偽裝者是真正的使役者。哪怕是意味著冒牌貨的職階，她的真本事也不可能改變。我戰勝得了那種怪物嗎？

無視於心中的懷疑，我的嘴唇自動張開唸出規定的句子。

「Grave（雕刻）……me（在我身上）……」

「冷靜下來。」

一個聲音告訴我。

渾身是血的老人由卡雷斯攙扶著走過來。他挨了偽裝者那一擊所受的傷似乎比預期中更嚴重，被踢破的傷口甚至露出碎裂的白色胸骨。

（卡拉博……先生。）

我發不出聲音。

我已進入迷幻狀態，展開到一半的亞德從死神鐮刀分解，化為宛若光柱的狀態。卡拉博的雙眼渾濁發白，但依然感到炫目一般瞇細眼眸。

「……啊，真令我驚訝。那是寶具吧。妳居然能以人類之軀使用它。」

不知道是與偽裝者戰鬥時的衝動人格已經消失，還是他直接接納了以前被催眠術操縱的狀態，卡拉博恢復我所知的柔和口吻。

卡拉博十分沉靜地教導我。

「看樣子這把槍裝滿了祈禱。凝結成十三個形式的祈禱。」

那也是魔眼看見的景象嗎？

我不知道。

然而，老人溫柔地笑著告訴我。

「側耳聆聽吧。聆聽槍的聲音。聆聽許久以前有人祈禱過的理想姿態。妳應該很擅長這樣的事情。」

（有人祈禱過的理想姿態……）

那是什麼？

那是什麼？不過……

為何我從幾乎已化為光柱的鐮刀中，聽見亞德的聲音？

「咿嘻嘻嘻！他說理想姿態耶！吶，格蕾！妳一直抱著膝蓋低頭窩在房間角落吧！那樣的妳，明明不可能思考過自己想成為什麼樣子吧！」

（亞德……）

它吵嚷的聲音，聽得卡拉博連連眨眼。

亞德不在乎地繼續道。

「不過，妳也到了該問自己的時候了！問問自己想怎麼做！對，要是妳想解決這個困難局面，就應該說出來！如果妳有想設法保護的事物，希望找人幫忙，不說出來沒人會知道！」

（亞德……你……）

聽著亞德喋喋不休，我不知為何感到胸口發痛。

在故鄉時充當我唯一朋友的禮裝正在問我。對了，小時候它常常叫我慢吞吞的格蕾，弄得我掉眼淚。隨著漸漸長大，他用那個外號叫我的次數也減少了……啊，自從我決定跟著老師前往倫敦以後，亞德就再也沒這麼叫過。

「我……」

我口中發出聲音。

因為處在迷幻狀態中，我說得非常笨拙。自身意志的所在之處模糊不定。

就算如此，唯獨這件事，我盡力將想法化為言語。

「我、想、保護、老師、保護、大家。我、希望、自己、能保護、他們。」

「嘻嘻嘻嘻嘻，我確實聽到啦，慢吞吞的格蕾——」

「——模擬人格停止。魔力收集率突破規定值。開始解除第二階段限制。」

亞德的聲音切換成平常的自動語音。

接著，自動語音轉為我首度聽到的內容。

「十三封印解放（Seal Thirteen）——圓桌議決開始（Decision start）！」

「————！」

那句話促使我想起從前聽過的傳說。

據說，聖槍原本並非武器。

據說當人類登上靈長之座時，原本的神祕迎向終結。一層針對人類最佳化，名為「物理法則」的織物（Texture）取而代之地覆蓋星球，而幾支錨插入大地，以維持這層單薄的織物。

閃耀於終焉之槍就是其中之一。

為了維持世界而打造的錨歸於騎士王所有，不知何時被加上仿照王者與騎士們設計的封印。

亦即限制聖槍「力量」的枷鎖。十三封印。

只有在能夠達成多項榮譽與使命的情況，才會解放原本的聖槍。

完全解放需要的議決數為七項。

目前，聖槍內部宣布了圓桌決議。

「此為，為生存而戰。」——承認，凱。

「此為，與強於己身者交戰。」——承認，貝迪維爾。

「此為，不違背人道之戰。」——承認，加赫里斯。

「此為，為真實而戰。」——承認，阿格凡。

「此為，不與精靈交戰。」——承認，蘭斯洛特。

絕非全數通過。

連半數也不到，僅有五項。

然而，剛剛解放（獲准）的五道封印，讓長槍迸發出我至今不曾目睹的光輝。最重要的是，得到那麼多祈禱認同與支援的事實在支撐我的心靈。

（——若是這樣——）

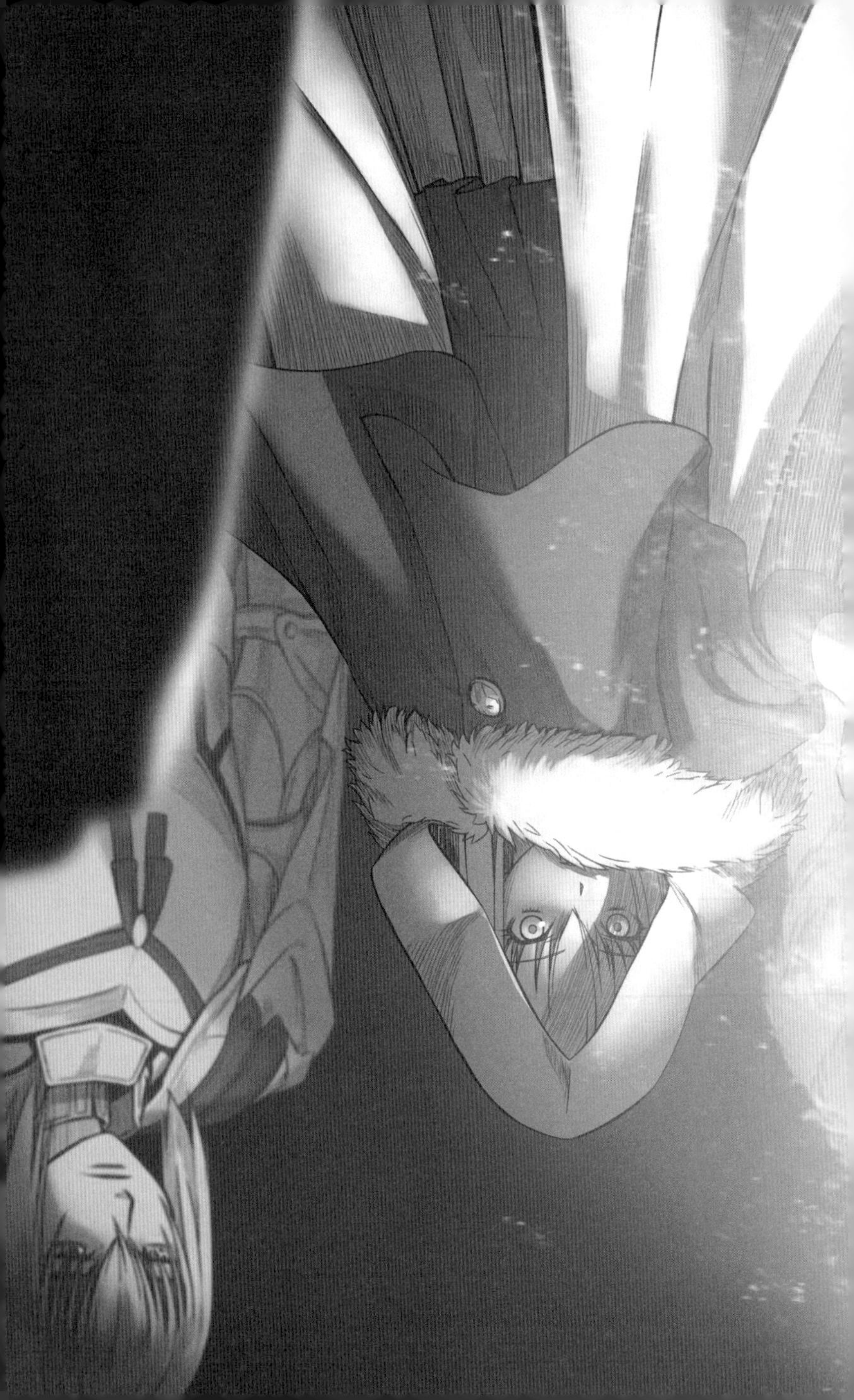

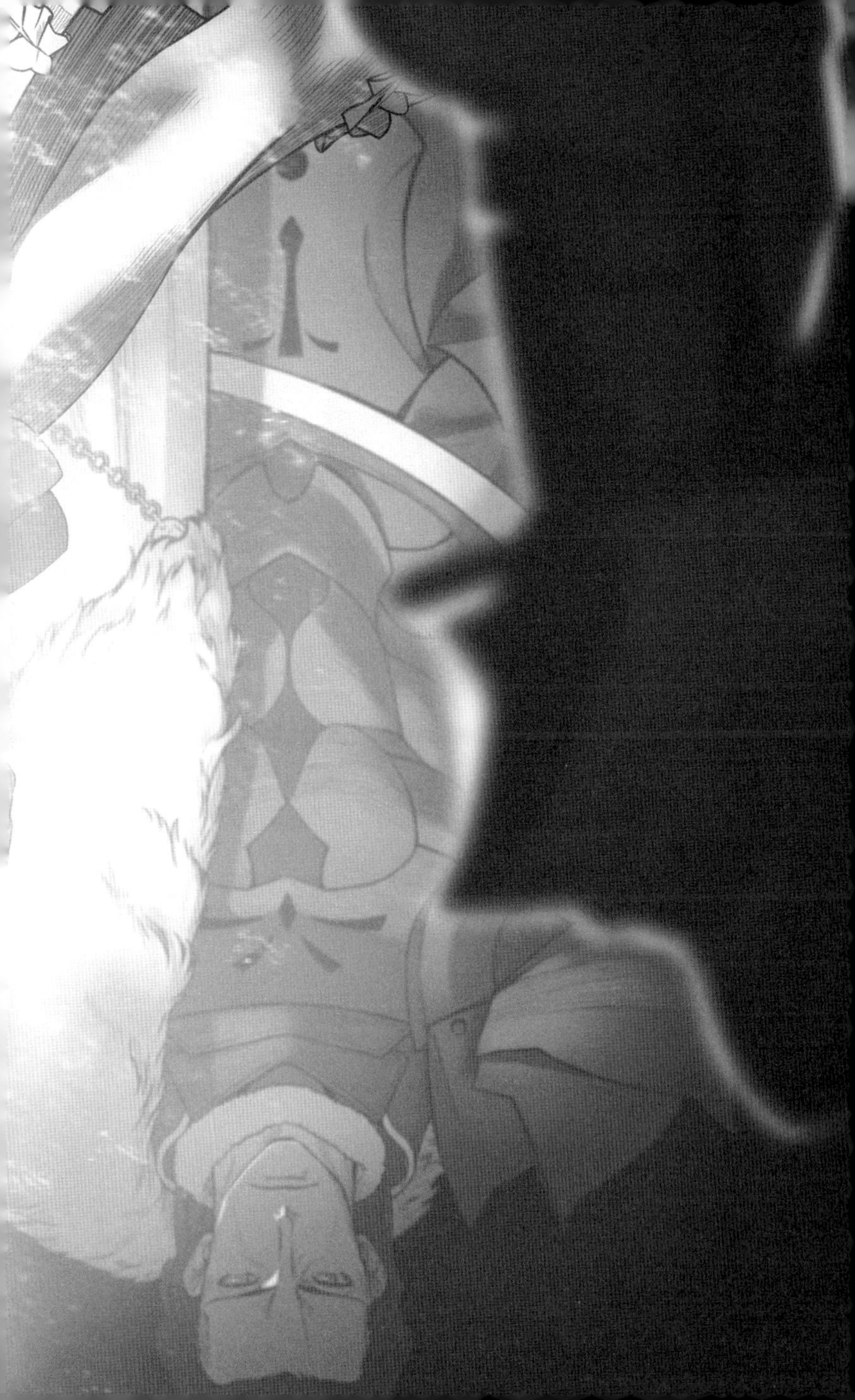

我堅定了決心。

「開始解除第三階段限制。」

隨著新的自動語音，處於迷幻狀態的我也唸出最後的句子。

「Grave（挖掘墓穴）……for you（為你）……」

歌唱。頌揚。吟詠。

古老的神祕（Myst）啊，滅絕吧。

甜美的謎題啊，悉數回歸於無吧。

我看見偽裝者在另一頭揮動韁繩。

「奔馳吧，魔天車輪（Hecatic Wheel）！」

此刻戰車掉頭背對月光，化為一道流星。

那征伐地上的星辰，是何等激烈美麗。迸發的魔力之龐大，事到如今無須多言。那個對軍寶具的衝鋒若削掘地表，想必會輕易打出一個隕石坑。

閃電環繞，凶猛的一道星辰。

我也緩緩地高舉長槍。

「聖槍，拔錨。」

我仰望自己的長槍，忽然心想。

這股光芒，是多麼耀眼。

在我胸中，感情是多麼激烈。

古老時代的騎士們，人人都像這樣心中燃燒著激情嗎？

逼近的戰車已近在眼前。其散發的閃電之熾烈，甚至令我產生眼球著火的錯覺。我手中的聖槍，宛如在回應般匯聚成更高純度的光芒。過度匯聚至極限的光芒脈動著，彷彿隨時會肆虐狂飆。

來，放聲吶喊。

在咆哮中解放。

「閃耀於……終焉之槍——！」

扭曲的光芒疾馳。

拿灼熱與閃電與之相較都嫌太輕微。光的洪流消滅所有物質，自魔眼蒐集列車車頂呈一直線射向夜空。天國在何處。無論何處，吾之光芒必擊落之。

魔天車輪也同樣消失在洪流中。

擊落星辰的光芒，宛如宿命般於不久後漸漸落入夜色的臂彎。

*

「……情況……怎麼樣……？」

解放一切之後，我茫然低語。

換作平常，此時我已經昏厥了。實際上我大概有幾秒鐘喪失了意識。搞不好只是我沒發現，時間其實長達數十分或幾小時。可能的話，我很想直接躺下昏睡過去。不只身軀正發出哀鳴，被迫過度運轉的魔術迴路也一樣。疲倦沉澱在大腦與神經中，感覺好像全身掉入了泥潭。

可是，唯獨現在我無法倒下。

我很確定一旦在這裡倒下，將會足足有幾天站不起來。在那之前，還有幾件事必須解決。

【翻轉吧。】

因為在施放寶具的前一刻，我好像聽見那樣的聲音。

所以，直到確定周遭平安無事之前，我怎麼樣也無法倒下。

我專心致力於挪動身體。直到剛才都還比羽毛更輕盈的身軀，現在好像每條血管都換成了鉛塊。我感覺就連轉頭似乎也得花上一小時，但還是笨拙難看地在車頂上爬行。

「格蕾小姐！」

卡雷斯在另一頭等著我。

老人無力地倒在眼鏡少年的臂彎中。

「……卡拉博……先生他……」

不必聽少年顫抖的聲音說下去，我也明白。縱使是代行者飽經鍛鍊的肉體，這副老邁的身軀也不可能在胸骨粉碎後存活。不，說不定從他將魔眼塞回眼窩時開始，便超越了大腦與肉體的極限。不知道他是否看見了閃耀於終焉之槍發動的景象。

他最後所見的景色，是過去還是現在？

聲音自我身旁傳來。

「直到最後，他都在幫助我們……我明明未能拯救這個人啊。」

「……老師。」

怎麼辦？我心想。

至今明明沒發生過這種事，熱流卻止不住地滴落臉頰。明明得到十分重要的餽贈，卻再也見不到贈送者的事實。我第一次面對那樣的事實，不知該如何是好。明明想轉向老師，卻怎麼也做不到。

列車好像脫離了腑海林之子的範圍。

列車不再開啟新的魔眼，地平線取而代之地緩緩地染上顏色。

老師輕聲嘆息。

「因為將拍賣會拖延了許久才開始，都到了這個時間嗎？」

「啊……啊……」

我想必——

一輩子都不會忘記這個顏色。

在往後的生涯中，每當看到相似的顏色，我都會回想起當時得到重要餽贈的記憶吧。

每當過去如泡沫般浮現，我都將細細領略那股苦澀與溫暖吧。

簡直像個虛幻的夢。

太陽尚未露面，但晨光朦朧的緋色，淡淡地滲入軌道另一頭。

✦ 終章 ✦

後來的事情，分為幾段插曲。

首先該提起的，果然是關於卡雷斯・佛爾韋奇吧。

返回倫敦後，我與老師都在鐘塔經營的醫院住院了一週左右。這家醫院並用現代醫學與魔術進行治療，據說幾乎只有魔術師會前來就醫。一方面有隱匿的問題，而且抑制治療副作用需要專業知識，無論如何一般人看來都無法利用。

不知道是否拜此所賜，我也在幾天後大致康復。

環境清潔的現代醫院，與直接盛起大釜內沸騰的綠色藥汁倒入杯中的手法給人相反的印象，不過治療可以說是迅速見效。

卡雷斯前來探病。

他帶來一籃芳香的水果，一邊用水果刀削蘋果一邊告訴我，那起案件被當作死徒的內訌處理，魔眼拍賣會的常客們也由於使魔在緊要關頭遭到封印，得以避免多餘的消息傳開。儘管如此，各地還是有人觀測到魔眼蒐集列車與腑海林之子爆發衝突的新聞，往後應該會在部分魔術界引發騷動。

每當不擅言詞的我偶爾停下來找話說，他會不經意地眺望花卉或風景，讓我免於尷尬，就連言語笨拙的我也感到很愜意。沒像到也有像這樣的魔術師，我總覺得不可思議。

在談話途中，他突然這樣提起。

「呃，哈特雷斯博士告訴過妳關於我姊姊的事？」

在白色的病房內，卡雷斯難為情地搔搔鼻頭。

「啊，那……那個，對不起。」

「不，沒關係沒關係。我沒有隱瞞的意思。」

少年笑著推推眼睛，目光放遠。

「姊姊她遠比我更有魔術師的才能。凡是知道佛爾韋奇家的人都認同那一點。連我都在遇見老師後實力略有進步，如果姊姊遇見老師……我當然動過這種念頭。」

少年的話語，與哈特雷斯假扮他時的發言很相似。

老師說過這叫作附身經驗，造詣高深的變身術在某種層面上相當於本人附體。然而，我仍然認為有些不同。說不定是我盼望有所不同。

「不過，我喜歡斯拉。」

他說道。

斯拉，現代魔術科經營的市街。

儘管斯拉是實際上稱作市街有些誇張，呈現拼接風格的街道(Street)，卡雷斯說出那個名稱時看起來很高興。

「雖然沒料到會出現我的冒牌貨，但能來到這裡太好了。能遇見老師真好，能遇見大家真好。不是其他人，而是我體驗這一切真好。」

他拍拍胸膛。

少年眼神溫柔地注視著躺在病床上的我說道。

「費拉特、萊涅絲，還有大家都等著妳與老師歸來。特別是史賓聽說妳負傷，激動得都想放棄第一科剩餘的特別課程。他半獸化企圖衝進這家醫院，被大家一起用盡全力攔住了。」

「……他不是想過來對我補上最後一擊吧？」

「哈哈哈。」

少年開朗地笑了。

他捻起一塊自個兒切的蘋果，像這樣留下一句話。

「所以，快點好起來吧。」

*

又過了幾天後，我出院了。

雖然身上各處有些部位還會痛，總之可在醫院進行的治療已告一段落，院方要我趕快讓出床位。儘管感受到生活的艱辛，明明動得了卻躺在床上也不合乎我的性格，這樣正好方便。

辦完出院手續後，我發現穿著熟悉大衣的身影佇立在醫院門口。

「老師。」

「我自認與妳相比傷勢算是輕傷，沒想到會同一天出院。」

「才沒有那回事。」

我搖搖頭，緊靠在他身旁。

因為老師雖然不需要坐輪椅，但一手還拄著枴杖。他一瘸一拐地步履蹣跚，不過我並未主動攙扶。因為老師一定不喜歡這樣。

他身上還飄著一絲熟悉的苦澀藥味。

「回斯拉了。」

「是。」

當老師這麼說，我不由得情緒激動地點點頭。

我們搭乘巴士，來到現代魔術科的都市斯拉附近。

老師表示那副魔眼封印眼鏡造價昂貴，現在必須節約度日。我總覺得這是在相隔一陣子後再度接觸到老師的風格，老實地跟了上去。只是我花了一些力氣才忍住沒一路哼歌。

在幾個路口拐彎，穿越防止一般人接近的結界後，如拼布般的街景在眼前展開。

可是比起懷念，此刻是另一件事令我們停下腳步。

因為遠東的民族服裝在街道一角翻飛。

那種叫振袖和服的服裝上，今天描繪著白鶴。我記得在老師的課堂上聽過，由於白鶴的叫聲可傳至遠方，在日本被稱作天界使者。在當時的授課中，好像接著提到白鶴相對的在歐洲是代表「覺醒」的鳥類，一些寓言集及紋章上都繪有握著白石子的白鶴等等。

是化野菱理。

「啊，我聽說你今天出院，很高興遇見你。」

「喂，別裝傻，這怎麼可能是巧合。」

「哎呀，你還需要枴杖？」

菱理無視老師的回應，指出這一點。

老師或許也充分有所預料，僅僅從鼻子裡哼了一聲，將枴杖抵在地上。

「看來還需要再拿一週左右。」

「這樣嗎，請保重……今天我是來歸還保管的證物。」

菱理遞上一個小盒子。

老師微微打開盒子檢查內容物，再度泫然欲泣。

因為裡面放著的老師付出那麼大的犧牲也一定要收回的聖遺物——一塊陳年的朱紅色布料。

老師合上蓋子，珍惜地收進西裝懷中。

「非常感謝。」

「七年前的案件，最後決定不予追究。」

菱理繼續道。

「因為事到如今重提那起案件，作證自家派遣的負責人遭到凶手操縱，對聖堂教會而言也有失顏面。」

說得有道理。即使要向魔術協會究責，哈特雷斯是前任學部長，目前已離開鐘塔這一點影響似乎很大。一般警察更無法調查魔術界如此複雜地介入其中的案件。

自黑暗到黑暗。

這代表這樣的案件又添了一件。

「由於整個查證作業處理完畢，伊薇特・L・雷曼好像也將獲釋。」

菱理悄悄環顧由磚塊與水泥交錯混雜，既古老又新穎的街道。

然後——

「我想請教你一個問題。」

她向老師提出。

「什麼問題？」

「與案件有關。你本人最清楚你推理中的漏洞對吧？」

「他為什麼要召喚使役者嗎？」

聽到老師即刻回答，菱理面露微笑。

「沒錯。境界記錄帶的確是寶貴的資料。身為魔術師，就算不惜用性命交換也想試著召喚沒什麼好不可思議的。不過，世上並非沒有同等寶貴的資料，魔眼也是其中之一。坦白說，所冒的風險相對於回報高出太多了。

再說，如果你的推理正確，代表哈特雷斯在案件發生時操縱著卡拉博。這樣的話，他應該十有八九理解，用伊肯達的聖遺物召喚偽裝者會出現無名的替身。」

我也接受了那個論點。

因為卡拉博也從閃耀於終焉之槍看出了十三封印。那麼，我不認為他從伊肯達的聖遺物上看不見過去的替身。哈特雷斯訂立了如此巧妙的計畫，當然會對此做確認。

「這個案子還有後續。」

老師也輕輕點頭。

「他說過他之所以全力搶救我，是因為君主在這個階段死亡未來會造成麻煩。啊，我們總有一天會再相見的。一定會。」

老師果然也確信哈特雷斯及偽裝者還活著。既然在那時候撤退，他們或許也受了一些傷，不過我在最後聽見的那句咒文應該會讓他們活下來。

老師說到此處，突然反問。

「我也想問一個問題。」

「請說。只讓你回答太沒禮貌了。」

當菱理催促之後，老師清清喉嚨這麼往下說。

「我不認為妳會忽略惡魔之眼的意義。即使為了鞏固推理論述刻意這樣做，選擇先扣押物品後再宣稱沒有這種東西安全得多。一開始我認為妳是想促使某人做出正確的推理，然而手法也太不直接了。妳很可能盯上的我，當時又處於昏睡狀態。」

「……原來如此。不過，你應該已經有某些假設了不是嗎？」

「算是吧。」

老師仰望斯拉的街景呢喃。

今天的天空晴朗無雲。明明已進入冬季，陽光短暫地照射而下，帶來一段暖洋洋的時光。雖然與兩名魔術師或是談話內容都不相稱，不過想到這只是一時的溫暖，情況或許意外地相近。

「妳一開始說過，搭乘魔眼蒐集列車是來處理個人事務。假使那句話……至少有一半並非謊言呢？假使妳故意公開錯誤的推理，是想讓某個特定人物自由行動以將他引誘出來呢？」

「對我而言，這次的案件也有許多地方出乎意料。」

法政科的女魔術師就像為了慎重起見般說道。

「不過，你的假設大體上是正確的。所以當你提議合作時，我也立刻答應了，並且老實地在特麗莎小姐的頭顱及惡魔之眼上施了魔術，對吧？」

「沒錯。我很感謝妳。否則我應該得多吃不少苦頭，視情況而定還說不定會喪命。」

「那我不是你的救命恩人嗎？」

「妳這是結果論。」

老師冷淡地撇撇嘴角。

也許是覺得那麼表情很好笑，菱理輕笑出聲。

「關於問題的回答，就類似於你和萊涅絲小姐。」

然後，菱理開口。

在冬季的倫敦，她掀動色澤鮮明的振袖，一如往常地微笑。

「……哈特雷斯博士是我的義兄。我們兩人曾是諾里奇的養子。」

*

「——哎呀。兄長和他的寄宿弟子剛剛出院嘍。」

萊涅絲怔怔地揚起目光。

此處是飄著一絲消毒水味道，地上鋪著油氈的走廊。

她的眼眸愉悅地閃著紅光。這間醫院專供魔術師使用，因此她也沒點眼藥水。無論是醫師或護理師，沒有人會為了這點小事驚慌失措。

「有沒有人說過妳不走運呀？」

「我……我又不是來探望他們的！」

「是我失禮了。因為我這趟是過來處理善後事宜，這才擅自產生誤解。畢竟有人提供了額外的寶貴祕藥給他們，剩餘的藥差點被醫院接收了。」

少女肩膀抖動，低聲發笑。

「關於案件方面，妳似乎也幫忙說了些好話。」

「那是因為艾寧姆斯菲亞不能欠下人情債。」

年約十一歲的少女——奧嘉瑪麗．艾斯米雷特．艾寧姆斯菲亞以手指梳理光滑的銀髮回答。

然後，她重新面對萊涅絲倏然低頭致謝。

「關於特麗莎的事情，我向你們道謝。至少艾梅洛閣下代為轉達了她試圖告訴我的訊息。」

「兄長在的話，應該會說稱呼要加上II世吧。」

萊涅絲閉上一邊眼睛，說出感想。

奧嘉瑪麗注視她幾秒之後，切換話題。

「其實我還想打聽七年前的事情，但父親不肯見我。」

「哎呀。」

意外的話題切換讓萊涅絲眨眨眼，天體科的少女如此繼續說道。

「父親曾一度對聖杯戰爭寄予期望，又放棄了。我認為這是真的。如果那個聖杯戰爭符合他的期待，結果說不定將截然不同……然而那就是我不知道的時間，不知道的世界了。」

「妳意外地滿有詩意的嘛。」

奧嘉瑪麗的雙頰猛然泛紅。

她別開目光眺望窗外，意外的景象卻倒映在窗戶玻璃上。

「我很中意妳。總之，意思就是要公平(Fair)地提供消息對吧？」

萊涅絲朝她筆直地伸出手。

「畢竟我們彼此都是君主的下任繼承者，又同屬貴族主義派閥，趁這個機會加深交流也不壞才是？」

「妳和妳那個兄長還差真多。」

「唉，因為我們沒有血緣關係呀。」

看到年長的少女愉快地揚起嘴角，奧嘉瑪麗輕聲嘆息。

然後，她握住少女伸來的手。

「對呀。姑且不論妳那個兄長，看來我和妳能夠好好相處。」

「在我們對彼此有利用價值的期間，請多指教。」

那句話讓奧嘉瑪麗臉上也浮現自信的笑容。

*

就此與化野菱理道別後，我們在現代魔術科總部的教學樓前造成很大的騷動。

因為艾梅洛教室的學生們發現老師的身影後，熱烈地上演盛大的歡迎。清楚地感受到老師多麼受歡迎，我也覺得很開心。只是現在這樣子會影響老師的傷勢，因此我狠下心趕走其他學生。

吵吵嚷嚷的喧嘩聲自大廳登上階梯，一路持續到我們走進老師的房間為止。

確認我以背部強行關緊房門之後，老師將枴杖擱在附近，深深坐進椅子裡。當我順便檢查有沒有學生試圖強行從窗戶與天花板闖進來時，聽到老師大聲地發出呻吟。

「萊涅絲那傢伙……」

看來她以飛行魔術和補償她在老師住院期間代班這些名義，將大量文書工作塞給了老師。老師的表情之所以掠過一陣苦澀，也是因為她把分量精準地設在不至於導致傷勢惡化的界線上吧。

「那個，如果有我可以幫忙的部分……」

「不，不必了。這是君主的工作。我會逐一處理。」

他臉色緊繃地回答，拿起有獅鷲(Griffin)圖案的鋼筆。

好一陣子，筆尖劃過紙張的聲音不斷響起。由於我也有一段時間沒過來，決定在相隔多時後打掃房間。雖然這裡和公寓不同，基本上收拾得整整齊齊，不過閒置超過一週還是積了灰塵。

我拿著羽毛撣四處輕輕拍打，忽然發問：

「——諾里奇的養子是什麼意思呢？」

當然，我是指菱理。

老師坐在一陣子不見的書桌前動作流暢地簽名，同時開口：

「諾里奇原本就是著名的所謂長腿叔叔家族，會支援有才能的孩子。他們提供的援助大都只是贊助學費，但也有不少直接收為養子的案例。在鐘塔姓諾里奇的人特別多，便是出於這個理由。」

老師依然看著桌面繼續道。

「大力推動設立現代魔術科的也是諾里奇。因此，現代魔術科的別名是諾里奇。」

「啊……」

這讓我明白過來。

「所以，哈特雷斯是前任現代魔術科學部長……」

「多半是如此。而菱理小姐應該是在進入法政科時，解除了與諾里奇的關係。一方面有鐘塔內的派閥鬥爭影響，這種事情經常聽說。諾里奇的態度大都為去者不留。」

老師放下鋼筆，伸展雙手交疊在脖子上面。

他像做暖身操般伸展肢體，然後拿出方才菱理交給他的小盒子放進書桌抽屜。在上鎖之後，老師詠唱簡短的咒文。

「雖然這道鎖一點也不可靠，總比小偷製作的鎖來得好。早知道會這樣，像平常一樣放在第一科個人房間裡保管還比較好。」

從老師帶著苦笑的話語中，我聽出如果有確實保管妥當，打從一開始就不會發生事件的嘆息。

接著，這次他取出雪茄盒。

「老師。你還不能抽雪茄……」

「今天我只抽這一根。畢竟在醫院可是不准抽雪茄的。」

他閉上一隻眼睛。

「一言為定喔。」

「嗯，一言為定。」

今天他用雪茄剪切剪切茄帽，以火柴慢慢地炙烤前端點火。我覺得果然還是這種方式更適合老師。

他花些時間深吸一口，充分地享受著雪茄煙，任煙霧冉冉飄起。

也許是說過只抽一根的關係，老師比了平常花更多時間品味雪茄，同時重新開口。

「我在住院期間辦理了手續，正式婉拒第五次聖杯戰爭的參加名額。」

我終於聽到了那句話。我一直想躲避的一句話。

所以，我忍不住多嘴。

「為什麼……！」

「原本，那是我要劃清的界線。」

老師回答。

「我想證明，伊肯達是應當在聖杯戰爭中拿下勝利的使役者。我想證明，他在第四次戰爭敗退只是因為主人不如人。」

雪茄煙聞起來極為苦澀。

老師所說的話，與我在那輛列車上聽過的相同。那一定是他長久以來持續思考的想法。這十年來，成為艾梅洛閣下II世這個存在基礎部分的感情。

「但是，已經夠了。那僅僅是我要劃清的界線，而非英靈伊肯達的。雖然還有留戀，但我不應該固執於此。無論作為曾與他接觸過的人，或是作為鐘塔的君主，我必須做個了斷的對手都在這邊——何況……」

何況，老師補充道。

「我居然對另一個那傢伙報了一箭之仇——我得到一件以後可以一直吹噓的事情了。」

不是平常為難的微笑。

也不是心懷恐懼地面對敵人時勇敢的微笑。

老師臉上浮現實在太過神清氣爽，暢快喜悅的笑容。

他的話語與笑容實在太過耀眼。明明盼望這個人得到更多回報，看到那個笑容，我卻什麼也說不出口。

「格蕾。」

老師再一次說道。

「對不起，單靠我的力量一定不夠。希望妳和我一起戰鬥。」

我未能立刻答覆。

我用力擦拭臉頰。只是這一瞬間也好，我想擺出自己所希望的表情。雖然身體一點也不聽我的話，我依然努力地揚起嘴角。

「……如果我合適的話。」

最後我露出又哭又笑般的表情說道。

就在此時，應該上鎖的房門打開了，兩個瘦小的人影啪噠啪噠地摔進室內。

「好～！我也要我也要！」

「費……費拉特！你別搶先！」

那兩個糾纏在一塊的學生是誰，不用多說。

「費拉特、史賓。」

「故鄉(摩納哥)的各種事情都結束了！哎呀，費姆的船宴(Casa)上的莊家真是個勁敵！」

「第一科的特別課程結束了！啊啊啊，格蕾妹妹也歡迎回來！刺痛我胸口的甜美灰色辛辣香味！」

他們兩個都卯足了勁，像敬禮般姿勢筆挺地起立。

老師大概也察覺他們的出現，並未重新責怪他們闖進來，而是提出同樣的提議。

「也可以拜託你們嗎？」

「包在我身上，教授！」

「當然沒問題，老師！」

費拉特和史賓爭先恐後地回答。

然後，他的目光轉向房門外的另一個人。

「……伊薇特。」

「啊哈哈，你們或許已經聽說，不過法政科釋放了我，我就慚愧地跑回來啦！哎呀，結果碰到大家在談重要大事，無論作為間諜還是志願當情婦的女生，我都非聽不可吧？好像是很重要的事情？哎呀，我應該在拍賣會上弄到手的搶奪魔眼被魔眼大投射用掉了，得標也告吹了耶。」

少女泰然自若地走出來，手指把玩著粉紅色雙馬尾。

一般而言，我總覺得此時所有人會同聲譴責，但反正她曾聲明自己是梅爾阿斯提亞派的間諜，在老師眼中或許沒有多大差異。費拉特及史賓應該也聽說過大致情況，卻沒表現出什麼譴責她的舉動。

說不定這也是鐘塔的日常生活。

「咿嘻嘻嘻，看樣子還會變得更吵吵嚷嚷的！」

亞德的聲音傳入耳中。

接著──

「啊，對了。」

老師轉向學生們。

「費拉特，你在卡雷斯的原始電池上偷偷加裝竊聽功能，針對這件事寫一份悔過書。還有在你回鄉期間的作業增加三倍，要在下次上課前完成。」

「教授是惡鬼嗎！不如說成鬼神感覺很帥氣耶！啊，下次的英雄史大戰用日本惡鬼牌組如何？茨木童子酒吞童子星熊童子風鬼水鬼隱形鬼選擇多得是！下次我拜託日本的朋友進口最新卡牌──」

「──這個嘛。我很清楚你的反省態度了。閉嘴一會兒。」

「教……教授！不可以啊！別扳著指節靠近我！」

亞德的預測立刻猜中。

在一片吵嚷之中，老師經過「強化」的右手用力拎起費拉特的臉孔。

*

——故事還有一段後續。

再經過大約一週後的夜晚。

十二月也進入中旬。街上早早地洋溢著聖誕氣息，無論何時何地都聽得見《聖誕鈴聲》的曲子。第一次來到倫敦時，我曾覺得亂哄哄的大量人潮非常令人毛骨悚然。因為每天在固定時刻走進灰色大廈的人群，在我眼中簡直像是走向墓地的亡者隊伍。

如今……我至少不覺得反感。

半空中飄浮著玩偶造型的氣球，街上播放歡樂的音樂，行人也顯得比平常幸福一點。

我變得能像這樣去接受環境。自己多半一輩子都不會完全適應，不過沒有必要因此拒絕不熟悉的景象，我變得可以在一定程度上冷靜地看待這一切。

突然間，我聽見一段特別熱鬧的樂曲。

就連在聖誕節前的倫敦，那一幕也特別鮮明。

看來似乎是遊行。穿上布偶裝或扮裝的人們排成隊伍，以管絃樂風格的樂隊為背景，表演精彩的舞蹈。緩緩前進的遊行隊伍後方還不時發射漂亮的煙火，觀眾們發出喝采。

（……百貨公司開幕？）

這盛大的遊行好像是百貨公司的開幕紀念活動。

從許久以前開始施工的空間，現在成為優美的灰白色建築物。那種倫敦又將新增一個指標性地點的氛圍，以開幕活動來說非常成功吧，我漫不經心地想著。

不過，我停下腳步的理由並非只有那場遊行。

因為在百貨公司門口，提著小提琴盒的人影正朝揮手。

「……梅爾文先生。」

「嗨。」

髮色雪白的青年笑了。

由於他非常顯眼，僅僅站在公共道路上就引來周遭路人回頭。我不禁多管閒事地擔心，這樣對於以隱匿為美德的魔術師來說是否不太好。

「請問，你怎麼在這裡？」

「哈哈哈。這裡是我媽媽經營的。」

梅爾文以下巴比了比背後的建築物。

「這家百貨公司嗎？」

「沒錯沒錯。今晚舉辦落成派對，我的身體狀況也好到可以出席，所以就過來打個招呼。因為魔術師也需要在表面世界的形象啊。」

那種不同於魔術師的規模感，讓我嚇了一跳吞吞口水。雖然在魔眼拍賣會上也應該充分了解了，當事情發生在自己的生活圈內，有種不一樣的驚奇。

「活動快結束了，方便的話一起喝杯茶如何？」

「不……我今天計劃要給老師的房間大掃除。」

我手上拿著清掃用具。

特別是擦鞋用的毛刷與抹布，是我從打工薪水裡撥出一筆錢購買的。

我第一次自己選購東西，因此格外緊張，結帳時還咬到舌頭。唉，我打算也用在自己的靴子上，所以沒關係。老師好像也在前天才終於放下枴杖，我想幫他一點忙。

「那邊走邊聊吧？」

「……我……我知道了。」

我被他強勢的態度壓倒，被迫點點頭。

梅爾文迅速來到我身旁，一起在聖誕節熱鬧的街道上走了一會，他以開始哼歌般的語調這樣開口。

「嗯。我想和妳聊一下。」

「和我嗎？我不認為會很有趣。」

我誠實地說。

於是，梅爾文自喉頭低聲發笑，吐出「我就是中意妳這一面」這種肉麻台詞。從外表來看，比起什麼魔術師，他去當演員不是更好嗎？就算演技有點差勁，被青年的端正相貌與神祕經歷吸引的人應該要多少有多少。

「對了。」

青年開口。

不知怎的，那個表情很像我在圖畫書上看過的惡魔。

「妳聽說過我家與艾梅洛派的關係嗎？」

「沒有。我們不談論這類話題。」

老師應該欠了很多債，但是我沒問過詳細內容。

「這樣嗎？正好。我家本來計劃用五十年左右調律艾梅洛派破損的源流刻印。啊，話說在前頭，除了我家以外，預期以五十年計劃使刻印重生這個進度可是快得難度有點高喔。只是，我另外還保管了韋佛．維爾威特的抵押品——維爾威特家的魔術刻印。」

魔術刻印。

與昔日的事件也密切相關，魔術師不可或缺的因素。

「為什麼你保管著那種東西？」

「理由很簡單。萊涅絲小姐將他推上艾梅洛的君主之位時，奪走的抵押品便是魔術刻印。若要找人保管，身為調律師的我是最適合的人選吧？」

啊，我險些喊出聲。

至今我也聽過幾次相近的話題。直到萊涅絲從老師那裡收走重要抵押品這部分為止，在對話中也出現過。

不過，我第一次聽到抵押品的內容。

「那個……老師的刻印很貴重嗎？」

「沒有啊。坦白說，作為魔術刻印幾乎毫無價值。維爾威特家不僅才傳承三代，起源也沒什麼大不了的。屬於那種沒多少副作用，相對的也沒刻印什麼驚人魔術的類型。不過，那是世界上唯一與韋佛．維爾威特對應的魔術刻印。在不讓魔術師背叛這層意思上，是最棒的抵押品。因為那麼做等於從一開始就奪走他的生存意義。」

從魔術刻印的性質來看是如此吧。

自祖先代代相傳的魔術師象徵。另一個臟器。他們之所以講究血統，是因為只有自己的子孫才能繼承這個魔術刻印。老師如果想成為走正道的魔術師，魔術刻印是怎麼樣都不可或缺的因素。

還有，那個人不管對自身的才能多麼絕望，也並未放棄。

萊涅絲應該對兄長寄予了絕對的信賴。

因為站在她的立場，早就知道老師絕對無法背叛。

（……多半。）

多半，我心想。

一開始應該是這樣。

「…………」

不可思議的是，我並未陷入恐慌。

因為我能夠自然地認為，即使一開始是這樣，也不會改變如今我所認識的老師與萊涅絲，還有他們的關係。

「喔～妳不怎麼震驚？」

「好像是的。」

我總覺得事不關己地說道。

喔～青年探頭注視著，再度沉吟一聲。聽起來好像覺得很無聊，又好像覺得很有趣，兩種情緒相等地交織在一塊。

我們默默地走了一會兒。

街上的行人在不知不覺間減少。因為我們已接近斯拉，即將進入魔術師的市街。這個地方該說是緩衝區，或者是現實與魔術之間。

冷冷清清的可樂自動販賣機。

並排擺在陳舊公寓窗邊的花盆。

融入夜色中的生活氣息，與神殿般的靜謐看似矛盾地融合起來。

忽然，我試著主動發問。

「——梅爾文先生為什麼叫老師韋佛呢？」

「嗯？那還用說。」

梅爾文歪歪頭，就像我問這個問題反倒才不可思議。

「總有一天，他會把艾梅洛閣下的名字讓給別人。不是什麼II世、III世，這次是真正的艾梅洛閣下。那麼，到時候如果沒有人喊韋佛的名字不是很寂寞嗎？」

他認真無比地說出口，讓我不由得眨眨眼。

青年就像在教導加法般細心地告訴我。

「那場什麼第四次聖杯戰爭，或許對韋佛造成很大的影響。那也是我注意到他的理由。」

在冬季的夜空下，梅爾文熱情地說。

「不過，先前的十九年對韋佛來說理應也是一段重要的時光。因為沒有那段時光，理應也不會有他的改變。同樣的，就算他離開君主的位置，以後的日子應該與他擔任君主時一樣重要。至少我那麼認為，僅僅如此就夠了不是嗎？」

在第四次聖杯戰爭前的時間。

還有，不再當君主後的日子。

是啊，沒錯。

正是如此。

由於聖杯戰爭的影響實在太大而迷失的事物。由於他是君主這一點過於理所當然而遺忘的事物。這個自稱沒有人性的青年，明明沒有人性——或許就是因為沒有人性，他似乎冷靜地抵達了每個人都忽略的平凡地方。

我有一點不甘心。

然而，我也有話可說。

「即使不再當君主，對我來說，老師就是老師。」

我回答。

「對費拉特來說他是教授，對卡雷斯、露維雅小姐與史賓來說他是老師。我認為其他學生也是這麼想的。這件事一定以後也不會改變。」

這樣是否稍微反擊了一下呢？

梅爾文神情溫和地注視著我。

「……妳說得沒錯。嗯，妳果然用與我略微不同的角度在看待他。多半兩者都是一樣的。」

「你的話不是互相矛盾嗎？」

「並不矛盾。人的面孔這種東西，會隨著觀看者的數量增加對吧？相反的，如果無人觀看，人就等於沒有面孔。」

我不討厭他獨特的理論。

「很高興見到妳。就此別過。」

梅爾文留下這句話後揮揮手，轉身離去。他的背影很快被黑暗吞沒，連我的眼睛也分辨不清了。

我忽然仰望夜空。

不知不覺間，開始下雪。

白色結晶緩緩地越下越大，到了早晨大概會積不少雪。

我想趕快見到老師。

我忍不住向飛舞飄落的雪花——向在雲層之間發出蒼白月光的月亮祈禱。略為急促的步伐在不久後轉變成小跑步，筆直地奔向斯拉市街。

但願。

但願那個人在未來能得到一點回報——

解說

沉溺於「如深海般」的世界中吧

東出佑一郎

＊本文含本書劇透，尚未閱讀的讀者請迅速看完。

……閱讀這本書並感嘆一聲翻開解說的你。或是總之先從解說開始看起的你，雖然事到如今不需要再說明——

艾梅洛閣下II世即韋佛．維爾威特，是《Fate》世界（也就是TYPE-MOON的世界，外國風說法則是Nasu verse）的居民。

他最早出現於TYPE-MOON發售的書籍《Character material》中，與數名未登場的角色一起刊出，是我們當中沒有人認識，只能感到疑惑的神祕魔術師。

於是幾個月後，他作為狂妄的年輕人韋佛．維爾威特在《Fate/Zero》登場了。

如果僅限於他表面的經歷，閱讀《Fate/Zero》就可以輕易掌握。不過，若在這部《艾梅洛閣下II世事件簿》中只追逐他的角色，應該會碰到幾個令人不解的部分。

話說，何謂魔術師？何謂魔術？什麼是魔術，什麼不是魔術？

他們缺乏人性得令人毛骨悚然，但艾梅洛閣下II世為什麼容許這一點？

那是因為流淌於這個世界的大河（不是藤村小姐），應該稱之為基礎的部分是TYPE-MOON世界。

本作幾乎沒有像使役者的使役者登場，甚至也不怎麼看重戰鬥本身。看重的因素是「魔術」與「謎團」。

如果有讀者納悶地覺得「我看不懂」，請試著玩《魔法使之夜》（電腦遊戲），或是試著閱讀《空之境界》也可以。如果還不足夠，請回想《Fate》作品中各式各樣的魔術相關描寫，詢問朋友，試著動腦思考。

當然，也可以迅速地用各位眼前的手機或電腦搜尋看看。各位應該會發現，粉絲之間（包括我）無休無止地討論著各種奇談怪論。

到了這個地步，各位已經等同於沉入深海。

此時各位應該能夠理解，不經意地略過的《Fate/Grand Order》劇本文字、或者在雜誌等訪談中所說的一句話，都確實地聯繫到TYPE-MOON世界。

當然，即使不看、不知道這些訊息，也可以享受《Fate》系列絕大多數內容。可以盡情享受由神話英雄們譜出的強力動作劇、唇槍舌劍的交鋒與充滿魅力的角色們。

然而，但是——

如果冒著被誤解的風險打比方，那樣類似在海裡游泳的狀態。稍微潛入海中，應該看得到色彩繽紛的魚群悠然游動，還有美麗的珊瑚礁。

不過，在光線照射不到的深海也有黑暗之美存在。

《艾梅洛閣下II世事件簿》是一部具備窺視黑暗之美快感的作品

書中的登場人物幾乎全都無可救藥地沒有人性，無可救藥地發狂，有時為了達成目的甚至會背叛與殺人——當中卻有著對於魔術幾近瘋狂的真摯。

而且，既然TYPE-MOON世界任何時候都不是與魔術無緣的作品，只要好好地閱讀本作，在看以後持續發行的作品時，能夠比別人享有多出七成的樂趣。

對了，在這一集××的《Fate/Apocrypha》角色卡雷斯・佛爾韋奇……在○○[redacted]的卡雷斯準備充分地登場，還大展身手（對他本人而言），不過這邊的世界當然並未發生在《Fate/Apocrypha》爆發的聖杯大戰。

只是，我們的卡雷斯伴隨「只要發生類似情況，大體上會走向類似結局」這個提案，順利地加入教室。

……呃，其實到此處為止，我創作卡雷斯這個角色時在一定程度上預測過。

但我實在沒有料到，連那些在原作中的待遇是「他叫坎帕，這位叫奇諾，是兩個所向無敵的男人」（電影《英雄不流淚》台詞）的紅之陣營主人們——他們的親戚與小孩都加入了教室……

光到這個程度也還好，在漫畫版《Fake/strange Fake》（原作：成田良悟／TYPE-MOON　漫畫：森井しづき）看到他們露臉，更是出乎意料……

唉，若是三田老師應該沒問題，他一定會有效地加運用！

（TYPE-MOON特產「傷腦筋時就拜託三田老師」。）

後記

三田誠

——列車之旅落幕。

魔眼沉睡，暫時閉上眼眸。

然而，這並非結束。

是直到再度睜眼凝視新謎題前暫時的休息。

讓大家久候多時。在此為大家送上第五集〈魔眼蒐集列車（下）〉。

由於上一集的內容停在緊要關頭，我記得自己心想這次一定要在冬季出版續集，因此承受著壓力。更何況散布在上集的伏筆膨脹得超乎我的預期，即使已經分成上下兩集，光是下集字數就超過一本書的分量了。如同對艾梅洛閣下Ⅱ世而言也是如此，這一集對我而言同樣是總體戰。

我想從以前開始就喜愛艾梅洛閣下Ⅱ世的粉絲，會感到這四個月特別漫長。但願大家喜歡本書的內容。

*

那麼，以下將會稍微談到劇情。

如同書名所示，這次我把在TYPE-MOON世界中也很重要的裝置——魔眼放在故事中心，構成死徒與使役者、代行者與魔術師交織而成的故事。

在從一般人看來是超人的魔術師眼中，使役者與死徒有多麼強大？靠人類的魔眼、魔術與搏鬥術有可能抗衡到什麼程度？這樣安排，是因為我心想務必要描寫這些部分。結果本書成為一個包含大量元素的案例，如果大家閱讀《艾梅洛閣下II世事件簿》後，除了Fate以外，還感到其他TYPE-MOON作品變得更加有趣，我會很開心的。（相反的情況當然也很開心！）

另外，我在上集寫到「從這裡開始將進入系列整體的下半場」。我想看完本書的讀者，應該大致能體會那個意思。艾梅洛閣下II世必須挑戰的謎團，還有與他息息相關的對手終於脫下面紗。雖然還只顯露出一部分，那個謎團顯然將再度阻擋他的去路。

正因為如此，這本下集化為適合作為下半場開幕的激戰。

Whydunit一詞既是推理的元素，同時也是對準全體登場角色的一把刀。一旦那柄利刃對準自己，人人都會受傷、苦苦掙扎、人人都不得不思考自己的價值觀。Whyduni就是那樣的詞彙。

我想那種狀態多半也反映了我的價值觀。

人在怎樣的時刻，最為美麗？

至少，我認為其中一種是這樣的——在受傷倒下，渾身沾滿泥濘但依然站起的時刻，人最為美麗。

那麼，這次真正倒下的人是誰？

渾身沾滿泥濘的人是誰？

依然站起的人是誰？

如果看完本書的你忽然思考那種問題，是我作為作者最大的幸福。

*

在最後，每次都畫出美麗新插畫的阪本みねぢ老師（我特別喜歡年幼的奧嘉瑪麗）、擔起作為書中重點的考證工作的三輪清宗先生、不僅負責檢查卡雷斯相關部分，還應我厚臉皮的請求撰寫解說文的東出祐一郎老師、協助進行設定整合的櫻井光老師、成田良悟老師，還有從奈須蘑菇先生及ＯＫＳＧ先生算起的TYPE-MOON工作人員們，我在此致上謝意。

下集應該又會在夏季和大家相見。（註：此指日版）

記於閱讀蘇珊·格林伍德（Susan Greenwood）著《魔術的人類史》（The Encyclopedia Of Magic & Witchcraft）時

二〇一六年十一月

打工吧！魔王大人 1~19 待續

Kadokawa Fantastic Novels

作者：和ヶ原聡司　插畫：029

鈴乃升任六大神官並將與魔王軍交戰!?
艾契斯出現嚴重異常忙壞眾人！

鈴乃將成為教會地位最高的六大神官之一，這樣下去會和率領魔王軍的蘆屋交戰。沉重的壓力與對未來的不安，讓鈴乃變得意志消沉。此時艾契斯不知為何突然身體不舒服？鈴乃與千穗在忙著應付這件事時，重新認知到自己對魔王的感情……

各 **NT$200~240／HK$55~75**

我的勇者 1～8 (完)

作者：葵せきな　插畫：Nino

你的幸福與笑容，是我們由衷的盼望——
以生命來換取家人幸福的勇者故事落幕！

我——鄉下的小村姑莎克雅・魯恩一直很憧憬勇者大人。而那樣的人真的出現在我面前了。我馬上就對他充滿了好感，但絕非因為他是勇者，而是因為他是小徹先生……小徹先生，你聽得見嗎？我——我們永遠由衷盼望你的回歸、你的幸福以及你的笑容。

各 **NT$200~260/HK$60~87**

作者
諸口正巳
原作・插畫
カナヲ
被虐的諾艾兒
NOEL
the mortal fate
Movement 1
vow revenge
Kadokawa Fantastic Novels

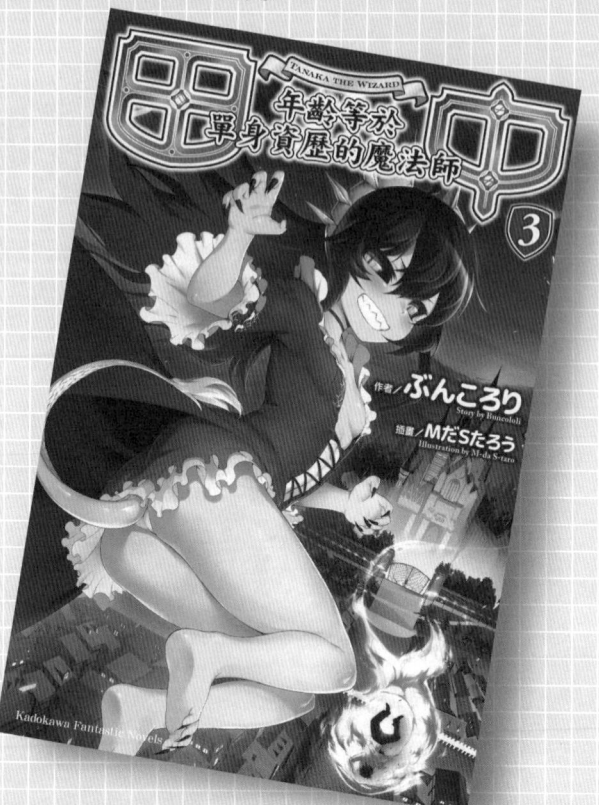

倖存鍊金術師的城市慢活記 1~2 待續

Kadokawa Fantastic Novels

作者：のの原兎太　插畫：ox

隱藏於兩百年歲月之中的鍊金術師祕密究竟是？
慢活型奇幻故事邁入新篇章！

兩百年後的世界，鍊金術師少女瑪莉艾拉與奴隸青年吉克蒙德共同生活，透過與「迷宮都市」的人們邂逅，過著悠閒且平靜的日子——卻無從得知城市背後正在一點點地產生某種變化……「迷宮討伐軍」遭遇悲劇、「黑鐵運輸隊」成員察覺鍊金術的存在……

各 **NT$280~300/HK$93~98**

國家圖書館出版品預行編目資料

艾梅洛閣下II世事件簿. 5, case.魔眼蒐集列車（下） / 三田誠原作 ; K.K.譯. -- 初版. -- 臺北市 : 臺灣角川, 2019.10

冊； 公分

譯自 : ロード・エルメロイII世の事件簿 5

ISBN 978-957-743-303-9(下冊 : 平裝)

861.57 108014006

Kadokawa
Fantastic
Novels

艾梅洛閣下II世事件簿 5

(原著名：ロード・エルメロイ II世の事件簿 5)

2019年10月28日 初版第1刷發行

原　作：三田誠
插　畫：坂本みねぢ
譯　者：K.K.

發行人：岩崎剛人
總經理：楊淑媄
資深總監：許嘉鴻
總編輯：蔡佩芬
主　編：朱哲成
美術設計：宋芳茹
印　務：李明修（主任）、張加恩（主任）、張凱琪

發行所：台灣角川股份有限公司
地　址：105台北市光復北路11巷44號5樓
電　話：（02）2747-2433
傳　真：（02）2747-2558
網　址：http://www.kadokawa.com.tw
劃撥帳戶：台灣角川股份有限公司
劃撥帳號：19487412
法律顧問：有澤法律事務所
製　版：尚騰印刷事業有限公司
ＩＳＢＮ：978-957-743-303-9